U0857092

神仙山保衛戰

高明乡 曾占平 刘 坡 著

图书在版编目（CIP）数据

神仙山保卫战 / 高明乡，曾占平，刘坡著. -- 北京：中国文联出版社，2020.12

ISBN 978-7-5190-4517-3

Ⅰ. ①神… Ⅱ. ①高… ②曾… ③刘… Ⅲ. ①长篇小说—中国—当代 Ⅳ. ①I247.5

中国版本图书馆 CIP 数据核字(2021)第 009260 号

神仙山保卫战
（SHENXIAN SHAN BAOWEIZHAN）

著　　者：高明乡　曾占平　刘　坡

终 审 人：姚莲瑞　　复 审 人：周小丽
责任编辑：王柏松　　责任校对：潘传兵
封面设计：春天书装　　责任印制：陈　晨

出版发行：中国文联出版社
地　　址：北京市朝阳区农展馆南里 10 号，100125
电　　话：010-85923035（咨询）85923000（编务）85923020（邮购）
传　　真：010-85923000（总编室），010-85923020（发行部）
网　　址：http://www.clapnet.cn　　http://www.claplus.cn
E - mail：clap@clapnet.cn　　wangbs@clapnet.cn

印　　刷：北京新华印刷有限公司
装　　订：北京新华印刷有限公司
本书如有破损、缺页、装订错误，请与本社联系调换

开　　本：710×1000　　1/16
字　　数：104 千字　　印　张：8.75
版　　次：2020 年 12 月第 1 版　　印　次：2020 年 12 月第 1 次印刷
书　　号：ISBN 978-7-5190-4517-3
定　　价：39.00 元

不忘历史不忘先烈不忘晋察冀革命老区的人民

丁酉年夏月 刘精松

刘精松上将题词

銘記歷史賡續傳統
保護開發好神仙山
造福革命老區人民

歲在丙申冬月銅彥題

张铜彦题词

為神仙山保卫戰役敬題

英雄神仙山

光榮晉察冀

丁酉之夏月 苗宝今

苗宝今题词

神仙山，即古北岳恒山，中国历史文化名山。1943年秋聂荣臻、萧克等率八路军将士和当地百姓，军民并肩，同仇敌忾，在这里同日寇进行殊死搏斗，谱写了一曲壮丽的战歌——神仙山保卫战。

——谨以此书献给晋察冀军区、晋察冀边区创建八十周年，献给曾在古北岳生活战斗过的仁人志士

序 一

恰值晋察冀军区成立八十周年之际，收到了高明乡、曾占平、刘坡三位作者撰写的书稿——《神仙山保卫战》，并邀我作序，我欣然应允。翻阅书稿，心情很是激动。当年在古北岳神仙山进行作战主力的老部队，就编在我当师长的部队。师史馆里关于神仙山保卫战的介绍，曾给我留下了深刻的印象。书稿，一下子又把我带回到了那烽火连天的抗战岁月……

晋察冀，一面光辉的旗帜！

1937 年卢沟桥事变，中国人民抗日战争全面爆发，不久党中央决定深入华北敌后创建抗日根据地。聂荣臻、唐延杰等奉命率部创建了晋察冀军区，1938 年初又成立了晋察冀边区行政委员会，至 1945 年全面反攻前域括山西、河北、察哈尔、热河、辽宁一部分的 110 多个县的广大地区。边区军民，同仇敌忾，并肩作战，全境掀起了轰轰烈烈的游击战争和抗日活动。晋察冀是插在华北日寇心脏的一把钢刀，晋察冀边区成为“华北抗战的堡垒”，毛主席亲笔题写书名给予表彰——“抗日模范根据地晋冀察边区”。

晋察冀，一片抗战的热土！

在这里，聂荣臻、萧克、彭真、程子华等率领边区军民同日寇进行了殊死搏斗，上演了一幕幕抗日战争的威武活剧。运动战、破袭战、地道战、地雷战、麻雀战、水上游击……英勇的八路军将士和当地百姓，杀敌驱寇，威震敌胆。在黄土岭战役中阿部规秀被击毙。神仙山保卫战，以弱击强，以少胜多，取得了辉煌战果，写入了我军军史。冀中战场，毁铁路、端炮楼；芦苇荡内，雁翎队截敌船，敌寇丧胆……

晋察冀，那里有着一群英雄的儿女！

在与日寇浴血奋战的岁月里，在“反扫荡”“反围剿”的战斗中，在这片广袤的大地上，涌现出了无数的抗战英雄和烈士。气壮山河的狼牙山五壮士、爆炸英雄李勇、巾帼英雄刘耀梅、杀敌英雄刘应法（四秃子），机智勇敢的“小兵张嘎”、英雄的“二小放牛郎”，伟大的国际主义战士白求恩、柯棣华。他们的英雄壮举，惊天地、泣鬼神，千古垂名，永载史册！

《神仙山保卫战》一书，作者以翔实的资料，鲜活的人物，真实的战例，饱满的热情，深情的笔触，如实地记录讴歌了1943年下半年“反扫荡”中，晋察冀军区的将士和当地老百姓，奋勇杀敌，誓死保卫晋察冀党政军机关及老百姓。神仙山保卫战的始末，再现了那段烽火硝烟的鲜活历史和创造这段历史的人们。聂荣臻洞察秋毫、运筹帷幄，萧克临危不乱、沉着指挥，王平将军的细腻缜密，四十二团将士的机动灵活，英勇顽强，如实地展现在了我们面前。

书中叙写了边区军民一家，团结抗战的诸多人和事，令人钦敬。老中医的古道热肠，村民曾红明的淳朴忠诚，马承周连长的机智大胆，孙金科班长跳崖宁死不屈，邢竹林医生、苏景芳护士冒死救伤员，“王二小”式放牛娃张风刚的凛然大义，宁死一家四口也决不说出八路军军工厂的贵录娘……一个个鲜活的人物站在了我们面前。他们是平凡的人物，是我们民族的脊梁，是抗日救亡的大英雄！

书中对日寇的滔天罪行，进行了真实的揭露和无情的鞭笞，日寇的残暴一件件、一桩桩灭绝人性，惨绝人寰，令人发指，罄竹难书。

三位作者搜集资料，精心创作，撰书刊史，昭告后人，做了一件很有意义的事。

忘记过去就意味着背叛！历史告诉我们：落后就要挨打，我们要牢记历史，铭刻教训。国际风云，波诡云涌。钓鱼岛的魅影，南海的盗船，窥探的“萨德”，分裂势力的叫嚣，恐怖分子的血腥，无一不在时时提醒着我们必须富国强军，整军备战，方能以强大的国防应对局势。

中华民族的伟大复兴，离不开民族精神的引领。一个着眼于未来，大力践行“文化自信”的国家和民族，必然不会忘记自己的历史，不会忘记自己的革命先辈和英雄，更不会舍弃体现民族精神的优良传统。深度挖掘晋察冀抗战红色文化，把“担当大义，开拓创新，不畏困难，敢于胜利”的晋察冀精神发扬光大。

牢记历史，珍爱和平，是我们中华民族不变的信念。让我们紧密团结在以习近平同志为核心的党中央周围，万众一心，努力拼搏，为实现两个“一百年”的宏伟目标而努力奋斗！

是为序。

刘精松

2017年6月16日

刘精松，1933年7月出生，湖北石首人。1951年入伍，历任排长、连长、团师作训参谋、团参谋长、副团长、军教导大队大队长、机械化师参谋长、师长、集团军军长、沈阳军区司令员、兰州军区司令员、军事科学院院长，上将军衔。系中共第十二、第十三、第十四、第十五届中央委员。著有《新时期军事实践与思考》《当代世界军事与中国国防》等。

序　二

神仙山，古北岳恒山，亦为阜平县标识山。当年曾是党在敌后创建的第一个统一战线性质的抗日民主政权——晋察冀边区的腹心地带。山下的煤炭是边区工业的“粮食”，军区许多兵工厂设在这里，还是党政军诸领导的常驻地，地位十分重要。

正因为如此，日本侵略者于1943年秋冬，组织4万多日伪军，对神仙山发动了阜平县域最大的一次“扫荡”，妄图拔掉其咽喉上这颗钉子，抽出兵力支援太平洋战争。有侵略就有反侵略。为了保卫边区这片热土，军民们在边区党政军机关领导下，凭借这里优越的地理条件和团结战斗的人民，举行了一场惊天地、泣鬼神的保卫战，一场真正的人民战争。晋察冀军区三分区第四十二团的将士们充分利用神仙山地形地貌，同敌人巧妙周旋，攻守自如。在口粮和弹药严重不足的情况下，和敌人死打硬拼。该团四连二班班长刘光耀在子弹打光，只剩他一人的关键时刻，高呼着“打倒日本帝国主义”“共产党万岁”的口号跳崖殉难，成为神仙山永远的守卫者。在兄弟部队支援配合下，从是年9月16日始到12月中旬结束，3个月内进行大小战斗47次，共毙伤日伪军699人，击落敌机1架，缴获敌人重机枪1挺，为彻底粉碎日本侵略者1943年所谓的“毁灭性扫荡”做出重大贡献。为此军区通令嘉奖四十二团，所属四连荣获“神仙山保卫者”光荣称号。

战争之最深厚的伟力在民众之中。为配合军区部队作战，阜平人民抬担架、送公粮、埋地雷、搞战勤，保护伤病员和边区领导机关，不惜身家性命。在以神仙山为主战场的“反扫荡”中，阜平民兵游击队积极参战，有效地雷爆炸875个，毙伤日伪军2200名，进行大小战斗370余次，解救民众1235名，夺回粮食6万余斤。其中，曾红明背着萧克司令员过天堑的故事，口口相传，是阜平人民抗战的一个典型，至今仍在感动教化着人们。

2012年12月29日，担任中共中央总书记的习近平同志冒着严寒来阜平访贫问苦，在这里发出了全国脱贫攻坚的进军令。打赢脱贫攻坚战需要继承和弘扬革命传统，因此发扬神仙山保卫战精神推进扶贫开发更是一种激励和鞭策，具有重要而深远的意义。

参与创作的高明乡、曾占平、刘坡都是阜平人，他们热爱家乡，不忘故乡，退休后尚思为家乡建设做贡献。当年的老四十二团所在部队一直没有忘记阜平这块红色的土地，心系阜平老区人民，热情支持该书的创作和出版。这种好思想好作风，令人钦佩。这里特向他们和编撰人员表示谢忱。

今年11月7日是晋察冀军区创建80周年纪念日，明年1月15日，是晋察冀边区政府成立80周年纪念日。在此之际，《神仙山保卫战》一书出版就更具有历史意义和现实意义。同时，也是我县政治社会文化生活中的一件大喜事，愿全县人民读此书得教益。

中共阜平县委书记　郝国赤

2017年10月23日

郝国赤，男，1961年3月出生，河北高碑店市人。硕士研究生学历，1975年参加工作，1986年加入中国共产党，先后任河北省纪检委干部、定兴县副县长、副书记、徐水县县长、保定市发改委主任、保定市政府秘书长、中共阜平县委书记（副厅级）。

引　子

神仙山即古北岳恒山，位于河北阜平、唐县、涞源三县交界处，危峰耸峙，层峦叠嶂，飞瀑流泉，雄险奇出，树木葱茏，茵草繁花。它是中华历史文化名山。自公元前 61 年汉宣帝颁布诏书封为北岳，至公元 1660 年清顺治十七年改祀，历代多位帝王朝山祭祀。儒释道宗教文化源远流长，山上寺庙众多，香火鼎盛。抗日战争爆发，晋察冀军区、机关驻此，是晋察冀抗日根据地的腹心地带。1943 年，就在这座历史文化名山上，晋察冀抗日军民同惨无人道的日本侵略者进行了一场反复较量。军民浴血奋战斩日寇，同心协力保家园，用鲜血和生命保卫了全国第一个“模范抗日根据地”。这就是写入军史的重要战役——神仙山保卫战。

1943 年，全民族抗战进入了第六个年头。这一年是晋察冀抗日根据地最为艰难困苦的一年。国际战争形势的发展变化，对日本军国主义日渐不利。为了摆脱太平洋战争的被动局面，日军急于从中国战场脱身，他们精心策划，周密部署，要一举荡平晋察冀抗日根据地。

对敌人的企图及“扫荡”的征候，晋察冀军区聂荣臻司令员等晋察冀军区领导已有洞察，周密研究部署了各项反“扫荡”的准备工作，确定了内线和外线、主力与民兵、军事打击与政治攻势相结合的作战方针，决定把军区主力部队和地方武装分别组成内线和外线部队，明确划分了各部队的活动区域。地方各级党组织也做好了动员组织群众的各项工作。

8 月份聂荣臻接到了中央通知，要他到延安参加重要会议。根据中央指示，他向晋察冀军区代司令员萧克、晋察冀分局代理书记程子华移交了工作，并对各方面的斗争任务做了精心布置。聂荣臻预感到这次“反扫荡”形势会非常严峻，斗争将异常残酷。但他相信，晋察冀抗日军民一定会冲破“黎明前的黑暗”，保卫好来之不易的根据地。他和战友同志们讲，这正如毛主席所说的“战争的伟力之最深厚的根源存在于民众之中”。晋察冀边区经过六年多的艰苦努力，我们党已经把一盘散沙的根据地民众空前地动员与组织起来了。各个阶层，上至白发的老人，下至刚刚懂事的儿童，都已积极投身到抗日根据地的建设和斗争中来了。这是中国历史上从未经历过的民众动员，这是中国社会前所未有的景象，是由千千万万真心实意拥护抗战的群众筑成的铜墙铁壁，是人民战争的汪洋大海。已经觉醒并组织起来的根据地广大军民，一定会克服各种艰难困苦，夺取边区保卫战的最后胜利。

临行前，萧克因患肺病高烧不退，这让聂荣臻很是放心不下。对此，他做出了周密安排，交代分局城工部刘仁部长“下死命令，也要叫咱们的关系从北平买些退烧的特效药来！”同时，责成军区卫生部姜齐贤政委亲自负责，安排萧克到阜平县城以北、神仙山南麓的白求恩医院休养一段时间，并当面给三分区政委王平同志郑重地明确了任务，一定要确保萧克同志的安全，并配合卫生部门尽快治好萧克的肺病。

一

晋察冀军区代司令员萧克在姜齐贤和王平的安排下，来到了神仙山脚下的军区医院进行治病疗养。这天在金龙洞口的龙王庙前，他和一位老乡下棋连杀三盘，两胜一负，心里很是高兴。没想到在太行山上这个老山沟里他遇到了高手。老乡车、马、炮使得娴熟，思考缜密，最后一盘他是悔棋险胜。对手不服执意重下，他看看天色不早了，摆摆手说：“棋，咱改日再下，您有翻盘的时候，这会儿，您老先歇歇手，请你给我讲讲你们这金龙洞的故事吧。”

金龙洞

这位老乡贤已是古稀之年，浓眉大眼，红脸膛，花白胡子足有半尺长，飘拂在胸前，鹤发童颜，精神矍铄。因为是中医世家，他保养得腰不弯背不驼，说话高声大嗓，底气十足，颇有几分仙风道骨。他虽不知面前这位棋友是什么身份，但是村干部暗地里已经告诉他这是八路军的一位首长，请他给看看病，捎带着陪首长下下象棋，活跃一下首长的生活。现在首长向他问询金龙洞，必有他的用意；他很热心地打开了话匣子：“八路同志，您别看俺这地方山高沟深，地势偏僻，这神仙山金龙洞可算是方圆百里都知名的地方，要说它的历史那名堂可就大了去了。”

老乡贤用脚点点地，又用手指指身旁的龙王庙说：“看到了吧，这庙是小了点，可一进两殿，依山傍水，小巧玲珑。县志上有记载，碑石上有刻勒，金龙洞在神仙山西南山脚下，古称总真洞。洞口旁咱们现在待的这座龙王庙始建在金朝泰和四年。有碑文记载说，汉朝末年一位阴阳两道皆通的高人于吉，曾经在这里得到过神符，上献给朝廷，可惜未能传之于世。宋朝守臣薛安抚曾经三次来这里求雨，每次求雨都很灵验。因此宋家皇帝龙颜大悦，颁告封金龙洞的龙王为‘利泽侯’。以后，朝廷经常派大员前来祭拜，祈祷风调雨顺。龙王庙庙堂内光线暗淡，墙壁有些潮湿，环境十分幽静，常有长着腿脚的小蛇爬在庙堂的墙壁上，有的人就把这长着腿脚的小蛇叫作龙。千古百年，金龙洞一直是求雨圣地。一遇到干旱年头，阜平、曲阳、唐县、定州、行唐、无极等各临近州县的黎民百姓都来此求雨。传说，无极县有一块大石头叫‘歇龙石’，那里的人们就是从这里请了龙王过去，龙王先在‘歇龙石’上歇一会，然后再行云布雨，极其灵验，你说这神不神？”

萧克笑而不答。从南方万里长征到北国来，这位统兵之将东挡西杀不知到过多少地方，也看到过许多求雨的场面。被旱魔逼急了的黎民百姓，几十人甚至几百人齐刷刷向一尊刷金镀银的泥塑龙王像三叩九拜；或是由身强力壮的大汉们，通身大汗地走村串乡耍龙王；或是几十面锣鼓一字排开，敲锣打鼓地狂蹦乱跳。极为虔诚的态度，极为夸张的动作，都意在感动龙王，求其普降甘霖，以免因旱庄稼无收致这方生灵受灾而被活活饿死。在晋察冀边区，他曾遇见过一位为驱散求雨大军而挨了巴掌的区长。区长向他诉冤道，你看看这伙人多愚昧，干这等傻事有个啥用，哪路神仙可怜你土疙瘩老百姓，叫你风调雨顺！萧克解释说，在我们共产党人眼里，天下没有神仙龙王，只不过是现在生产力还过于低下，群众抗御自然灾害的能力太差，求雨完全是一种无奈之举。咱们既不能提倡求雨，也不能把求雨当成封建迷信，简单粗暴地进行干涉或禁止。因为当前我们的主要任务还不是这个，我们得先顾抗战这个大局，所以我们一不提倡，二不反对，一定要积极组织群众修渠、打井建设水利，发动群众搞好抗旱，要抗旱、抗战一齐抓好。

老乡贤点头称是，问萧克进洞看过没有。

未曾开战先看地形，已经戎马半生的萧克岂能不通晓这个？他早已和警卫员带人钻进这个金龙洞考察过了。这个黑漆漆的山洞确实有点神奇奥妙，洞内大洞套小洞，几乎是洞洞相通，进得洞来，忽而小洞俯身缩肩方可进入，忽而大洞敞开，阔大犹如厅堂，几百人都能容下。洞壁皆为石灰岩质，形状怪诞多样。洞中道路忽上忽下，平坦处如履马路，陡峭处则是悬崖峭壁，无绳索很难攀缘，整个巨洞幽深玄妙，好似一座地府冥宫。最为奇特之处是洞中有一条小河流出，河水或直流而下，或左转右弯，迂回向前。水浅处深不及膝，水深处丈余长竿犹不及底，最出名的叫“圣水潭”，洞大幽深。整个河水中都有黑黄色的小鱼，在怡然游荡。当地百姓说听老辈子人讲洞中河流很可能是一条地下潜河，从山西浑源那边潜流过来。有人说发洪水的时候，曾见过洞中河里有百姓家里泡的野菜和炊具冲出来。

萧克曾想，好大一个山洞啊！这能容一营半团人马在里头隐蔽，是个打伏击战的好地方。但是他很快就否定了自己的想法。不行啊，这洞有进口没出口，要是被敌人捂住洞口，往洞里放毒气或者是用烟雾熏，那就一个也甭想跑出去，就是围困几天也非得全军覆没不可。

太阳临近了西面的山脊，万道绚丽霞光，把天上的云朵，地上的山川河流、村庄、树木染成暗红或金黄。金龙洞，多美的一个地方啊！因此军区的疗养所就选址在这里，不少伤病员在这里得到疗养恢复了健康。能在这个美丽而安宁的地方和人们聊聊天、下下棋，该是多么惬意的事呀！就是在这儿静养几天也好哇！可是，万恶的日本鬼子就要开展大扫荡了，这里平静的生活将要被打破，老百姓怕又要遭殃了。

正值9月，边区军民在抢收抢种之后又搞了“坚壁清野”。全体民兵和地方武装深入学习贯彻上级颁布的“军民誓约”，进行军事训练，随时准备抗击敢于来犯的日本侵略军。天色不早了，老乡贤为萧克把了脉，开了药方起身告辞，并特别叮咛道：“八路同志，我这个药方虽然称不上家传秘方，但也治好过不少人的病。万望您能按时服药，管保能有所好转。方才老朽号了你的脉，你还真得好好休养休养。”萧克让卫士送老乡贤回去，立马被他坚辞。他挺胸一站，抱拳打拱说：“我这身板还行，离家又不太远，何必送我？”萧克和卫士们连连称赞老乡贤身体真棒，临行他回头又重复道：“改天咱们再杀几盘，我得翻盘赢你！”双方大笑而别。

萧克和卫士送走了老中医，缓步走回金龙洞前的小庙旁，抬头遥望东北侧那高高耸立的神仙山，思绪马上集中在当前那纷繁复杂的战事上。“百团大战”是华北军民抗战史上的一大胜利，这一战役，日本侵略军的“囚笼政策”被粉碎。1941年7月，日酋多田骏下台，冈村宁次这个罪恶滔天的战争狂人上台。不久，便针对八路军的“百团大战”来了个“百万大战”，接着又使出一个个灭绝人性的狠招进行报复，把边区军民推进了中国抗战史上极为残酷的境地。魔高一尺，道高一丈，晋察冀军民不断总结经验，越战越勇，几乎牵制了华北一半以上的日伪军。1942 年 10 月，冈村宁次又在华北推行所谓“第五次强化治安运动”，大肆叫嚣要帮助华北人民“建设华北，完成大东亚战争”“剿灭中国共产党，肃正思想”。聂荣臻司令员一面动员力量从宣传舆论上揭穿敌人这一大骗局，一面组织武装力量，连连挫败敌人的围剿进犯，使日本侵略军热烈“庆祝太平洋战争一周年”的无耻炫耀被取消，成为贻笑大方的一个闹剧。

经过几年的发展，晋察冀边区在不断扩展壮大。1938 年 1 月 15 日边区政府在日本侵略军的炮火硝烟中成立。1943 年 1 月 15 日，为庆祝边区成立五周年而隆重召开了“晋察冀边区参议会”。短短五年里，晋察冀边区政府已经辖有 13 个专区，98 个县，650 多个区，15300 多个行政村，计 2000 多万人口。五年来，边区军民从战争中学习战争，用大刀长矛，用小米加步枪抗击着装备精良、武装到牙齿的日本侵略军。到 1942 年底，边区部队已经从 1937 年 11 月初创时的不足 3000 人发展到 8.3 万人，民兵有了 4 万多人。五年来，边区军民粉碎了敌人无数次的“扫荡”“蚕食”“清剿”，作战 1.4 万多次，毙伤日伪军 17.4 万人，算上俘虏和投诚反正的，总歼敌 21.3 万多人。事实胜于雄辩，这铁一般的事实，彻底驳倒了国民党反动派散布的“共产党抗而不战，八路军游而不击”的无耻谎言，向中国和世界上一切爱好和平正义的人民证明，中国共产党领导下的抗日军民是抗击日本侵略者的中流砥柱，共产党八路军开创的敌后抗日民主根据地是坚如磐石的前沿阵地。

多么了不起的抗日民主根据地，多么了不起的抗日军民啊！全面抗战六年了，晋察冀军民不但在政治上、军事上取得了辉煌胜利而且拥有了相当可喜的经济势力。在敌人烧杀抢掠制造的重重战灾面前，在频降的水涝、干旱、虫雹等自然灾害中，根据地不仅没有被侵略者摧垮，经济实力反而大有发展。军队开展轰轰烈烈的大生产运动，为克服经济困难战胜日本侵略者，创造了物质条件。部队逐步发展壮大，百姓们则坚决拥护党的“减租减息”“统一累进税”等统战政策，兴办经济合作社，搞生产互助竞赛，不仅战胜了自然灾害和敌人的破坏，而且破天荒地改善了人民生活，创造出了让每个来边区视察的人惊叹不已的奇迹！同样是 1942 年，河南省发生了惨绝人寰的大旱灾。蒋介石采取“舍民保军”的政策，不顾百姓死活，强征军粮保证汤恩伯部 40 万大军的需要。灾害发生后，蒋介石借口所谓救灾会“影响抗战士气”“妨碍国际观瞻”，悍然封锁消息，不准报纸、电台对外报道河南大饥荒的情况，结果先后饿死 300 多万人。

在晋察冀抗日民主根据地，情况截然相反。军民一家共同闯难关，共渡时艰。人们永远不会忘记那一篮儿树叶的故事。从 1939 年到 1942 年连续三年遭灾，国民党政府拒绝给八路军发饷，根据地的军民吃饭都成了大问题。军民严重缺粮，野菜、树叶和一切可食之物几乎被采光。因为榆树皮和榆树叶都能吃，因而棵棵榆树被人们采摘树叶、剥下树皮当粮吃，本应春枝绿叶的榆树林却成了瘆人的白杆杆。成群的孩子外出讨饭，瘦弱的脖颈上顶个大脑袋，样子十分可怜。各地百姓都在闹饥荒，谁都难得温饱，孩子们又上哪儿去要饭？南征北战戎马倥偬的聂荣臻、萧克等军区首长难过得流下了眼泪。为了搞好军民关系，促进边区的团结和发展，聂荣臻司令员毅然发布了世界军事史上罕见的“关于树叶的训令”，军区所属部队一律不准就近采摘树叶，不准与民争食。树叶训令发出之后，根据地的百姓十分痛心！他们把一筐筐、一篮篮沤制好、泡洗好的树叶和野菜给当地部队送去，乡亲们要送，部队不收，双方互谦互让。百姓们流着眼泪说：当兵吃粮，吃粮当兵，咱子弟兵在前方打仗，我们在后方供不上粮草，就够愧得慌了！聂司令还发这样的命令，叫我们心里怎么过意得去？

因此边区各地涌现出了一个个感天动地的谦让树叶的故事。

此事后来在2015年全国人民纪念抗日战争胜利70周年之时，中央、河北、山西等多家媒体采访录制了节目，在中央台《新闻联播》中播出多次，引起很大反响。

晚饭是在金龙洞村子里吃的。萧克一面吃饭一面抬头凝望金龙洞东北侧的神仙山，似乎在深思什么问题。就在这个时候，几匹战马“嘚嘚嘚——”从金龙洞南边的大台村奔驰而来，来的是晋察冀军区第三军分区政治委员王平等领导同志，他们是赶来看望正在生病的晋察冀军区代司令员萧克，并向他汇报三分区的设想、请示下一步行动的。

萧克赶忙吃罢碗里的几口饭，放下碗筷，招呼他们到屋里说话。王平询问了萧克的病情，汇报了三分区的战况之后，大家坐在龙王庙东侧的石头台阶上随意地聊起天来。

萧克问：“你们二位登过神仙山没有？”

王平说：“太登过了。”

三眼井村

萧克忙问:“你这太登过了，是么子意思？”

王平说:“是这个意思，我太熟悉这个神仙山了。为什么？搞大生产运动，我们分区机关年年在山上开荒种地。在半山腰上的三眼井村一带的山坡上，种土豆、白菜、萝卜、豆角之类的蔬菜，以便补充军粮不足。警卫排的小伙子们脱光了膀子刨地，见我来了，马上去穿衣服敬礼，我制止他们说皇帝的老婆坐月子，大臣有急事撞进去还算是无罪哩，你们光着膀子干活是特殊情况下的事，不算违背军务管理条例，也不算对首长无礼。我在场的时候，战士们解手要走很远，说是首长在跟前不好意思，我告诉他们这没什么不好意思的，再说了，没有粪尿臭哪有粮菜香，这是天经

三眼井村上的梯田

地义的事，谁能逆天而行？我这么一说大伙就和我不隔膜不拘束了，我们一起大干一场，完成了年度生产任务。那年我们机关还养了几头猪。我经常提着泔水桶，端着泔水瓢，‘嘞——嘞——嘞’地喂过猪呢。战士们戏笑我成了农村中喂猪的婆娘。”

萧克接着问：“你们了解这座山吗？”

王平说：“萧司令，你别说，我还真的了解考察过这座山。你算是问对了。古北岳恒山，北边的涞源县和阜平老乡称之为神仙山，是阜平的标识山。东边的唐县，南边的曲阳县都管这山叫大茂山。是当年西汉王朝皇家封的三山五岳中的北岳恒山。汉宣帝神爵元年（公元前 61 年），汉朝定泰山为东岳，华山为西岳，衡山为南岳，恒山为北岳，嵩山为中岳。恒山面积约 400 平方公里，雄踞阜平、涞源、唐县三县交界，最高峰为太乙峰，当地群众叫奶奶尖，海拔 1869.8 米，离阜平县城约 35 公里。历代皇帝包括秦始皇、汉武帝、隋文帝、唐太宗、宋太祖等 17 位皇帝都曾祭拜，开始是登临奶奶尖山顶举行祭祀仪式，后因这里山高坡陡，骑马坐轿都艰险难行，遂在神仙山南面的台峪村千亩台上建立北

神仙山主峰

北岳庙

岳庙，在这里祭祀。以后又在曲阳县城与恒山遥遥相对的地方建了北岳庙，改在曲阳北岳庙内祭祀北岳神。你问为什么在曲阳祭拜呀？北宋以前阜平还没有立县，只是曲阳县一部分辖地嘛。从汉代一直到唐、宋、元、明、清，皇家祭祀北岳山神已经成为定制，直到清顺治老倌不知犯了哪根神经，硬把北岳的主峰从阜平、唐县、涞源三县共有的神仙山改到山西省的浑源县天峰岭。我们为什么叫北岳区？就是因为1937年平型关大战的时候罗荣桓主任带领一一五师政治部最先来到这里开展工作；随后我和赵振生（即李葆华）、刘秀峰接受八路军总部指示一起来组建晋察冀省委，也是先在阜平开始活动；我先是阜平县“动委会”的主任，接着当了阜平抗日民主政府的第一任县长；后来聂荣臻司令员带领晋察冀军区从五台县金刚库村来到阜平，来到了这古北岳恒山——神仙山的腹地，这里是整个晋察冀根据地开创的基础核心，所以就叫了它个北岳区。”

萧克说：“这山我还真没上去，山上怎样？”

神仙山层峦叠嶂

王平说："这山挺美的，你要是在这山上疗养一段时间的话，病肯定会好得快一些，这里空气特别新鲜，风景特别优美。山上有两万多亩原始次森林，水清、石奇，老乡们说神仙山'一年七十二场浇花雨'，漫山遍野是鲜花绿草。最壮观的是你站在这山顶的奶奶尖上举目四望，阜平、涞源、唐县的山河尽收眼底，四方的众多山峦河流清清楚楚摆在你面前，要是赶上天气晴好，空中没有云雾山岚，定州的瞭敌塔都看得清清楚楚。在这里你才会领略到北国风光的辽阔壮美，你的心胸才会天高地宽，进入站得高看得远的大境界。"

萧克笑了："好你个王平，你是想动员我上神仙山疗养啊？"

王平也笑着说："岂止是动员你疗养，还想让你登山观光哩！这神仙山和你萧代司令一样也是文武兼备、儒雅双全啊！"

"啥子咯文武兼备、儒雅双全？——我可够不上这个。"

萧克说："那你还是给我讲这神仙山的故事吧。"

王平说，人们说这古北岳神仙山有股仙气。啥子仙气？仙气大概就是文化人常说的“文气”吧。神仙山自西汉封为北岳之后，道家捷足先登，在这里修建多处道观，成为道家三十六洞天里的第五洞天。相传，佛家的文殊菩萨曾把神仙山选作第一个道场，以后才转去了五台山。神仙山阳面的大小山谷中，不是道观就是佛寺，还有奶奶庙等神仙庙，大小庙宇 72 座。整个山香烟缭绕，经声佛号此起彼伏。四面八方的善男信女前来祭拜。整整红火热闹了千百年，直到顺治皇帝改封山西浑源天峰岭为北岳后，这里的香火就不像以前那样旺盛了。不过每年农历的 3 月 15 日，这奶奶尖上总要过大庙，邻三县四方的黎民百姓聚在山上烧香磕头，祭拜神仙。参谋们说当年阜平的县官们上山祭拜留下诗词不少，大诗人元好问也曾登山赋诗。萧克代司令员登山肯定也能吟诗几首。

萧克叹口长气说:“我这不争气的身体，恐怕一时半会儿是上不去了。”

王平又兴致勃勃地讲了起来，说起神仙山的战略地位非常重要，是兵家必争之地。它东西绵延 150 公里，地处燕南赵北的过渡带，是横亘在中原农耕民族和北方游牧民族分界线上的一道天然屏障，历史上匈奴、突厥、鲜卑、契丹、女真等少数民族在南侵过程中，都曾在这里遭到中原汉族政权的抵抗。其中最为突出的是宋、辽两国交兵，在民间流传很广。杨六郎抗辽的故事传说家喻户晓，人人都能讲出几个杨家将的故事来。高高的神仙山上有一块平平坦坦的草地，名叫跑马梁，相传这是杨六郎训练骑兵的地方。杨六郎挑选这个与辽邦气候相近的地方训练骑兵，以便适应双方交战的环境。这条分界线北部自东向西建有紫荆关、倒马关、马头关等关隘，这一带变成了具有战略意义的军事要地。

萧克听罢拍手叫好:“好你个王平，这个神仙山的方方面面都叫你给吃透了。古老的山，漂亮的山，文文武武的神仙山，逻辑清楚，层次分明，简直是给学生讲课。你当政委呀，要得，要得！”

“你忘了？在我们湖北老家我就是乡村教师，是靠嘴皮子吃饭的教书匠嘛！”

萧克说：“欲知山中路，需问打柴人。你们给我讲了神仙山的地形、地貌，这么多有利于作战的条件，我心里也就有底了。”

王平说道：“小鬼子铁了心要消灭我们晋察冀，恐怕早就盯上了神仙山，这里总有一天会成为主战场。”

萧克问：“何以见得？说说道理。”

王平讲：“道理很简单，金龙洞北边就是炭灰铺煤矿，咱们冀西这里大生产运动中建立起来的边区工厂用的都是这个煤矿出的煤，把这个煤矿一破坏，我们的工业就没了‘粮食’，就得全部停产。边区的党政军好些机关单位都隐蔽在这里，华北联合大学在这里办学，军区白校和白求恩医院的许多伤病员也隐藏在这里，还有伯华制药厂、被服厂、一个军用仓库，特别是神仙山南山脚下的台峪各村，是我们军区的兵工重地，金龙洞村的晋察冀日报社造纸厂、军区604迫击炮弹厂等厂矿都在这，鬼子一定不会放过。”

“对头，对头！”萧克兴奋地站起来遥望东北方向的古北岳恒山——神仙山。此刻，她已经在夜幕中静静地睡去，显得格外神秘。萧克边点头边说：“三个臭皮匠，顶个诸葛亮，这话今天就应在我们这儿了。我们就在这儿准备打它一场保卫战。古有杨家将在此抗辽的故事，今天咱们在此上演一出三分区激战神仙山的大戏。现在我们就谈谈初步设想，你们回去以后要进一步加强情报侦察工作，随时掌握敌人的动向。立足最困难、最复杂的局面，尽快制定作战预案上报军区。我会尽快向晋察冀中央分局报告，和程子华等领导同志进一步沟通，做出通盘考虑，给一、二、四分区和野战分队提出要求。你们要抓紧训练部队，提高战术水平。”他思考了一会，又问：“你们准备让谁挑大梁啊？”

王平等人交换一下意见，回答道：“把四十二团摆在神仙山，坚持内线作战，具体部署我们回去再详细研究。”

萧克表态说：“我同意使用四十二团。我晓得这个团虽然人员武器装备等相对弱些，但很有战斗力。另外，你们还要充分做好动员组织群众的工作。”

夜色更浓了，王平等人得到预令，策马飞驰而去。崎岖的山路上立即响起“嘚嘚嘚”急促而稳健的马蹄声……

二

就这样保卫神仙山的主要任务落在了三分区四十二团身上。

晋察冀军区第三分区的辖区主要包括阜平、曲阳、唐县、完县（今顺平县）、定县（今定州市）、望都、满城等县。

四十二团组建于1938年8月，是由当年百色起义后到江西苏区、又经过长征过来的红七军红二团一部、云彪支队一部以及当地一些抗日武装升格扩编而成的一个小团。这个团诞生在抗战初期，历史不算太长，而且只有六个连队，再无其他配属力量，是名副其实的小团，现在还够不上军分区的“主力”。但是，他们遵循毛主席“在战争中学习战争”的原则，不断总结经验教训，仗越打越勇，战斗力越来越强，让人不得小看。

1943年上半年，晋察冀北岳地区的战斗格外频繁。四十二团、三十团和三分区的其他兄弟部队，刚刚过完年，就和日伪军干上了。在此后的一系列大大小小的战斗中，接连不断地挫败了日伪军搞的“逐步蚕食”“跃进蚕食”“辗转扫荡”等多次围攻。

1943年1月21日至4月10日，日伪军以6000余人的兵力，对我北岳地区由过去的“逐步蚕食”升级为“跃进蚕食”。所谓“跃进蚕食”，就是敌人集结一两千人，随后突然分进合击我们兵力比较薄弱的地区，占领之后迅即筑垒固守，以达到蚕食我整个根据地的目的。这次“跃进蚕食”的重点是灵寿、行唐、曲阳、平山等县城。我北岳地区部队遵照军区指示，积极执行“敌进我进”的方针，在粉碎敌人“跃进蚕食”斗争中，一面围困打击深

军区独立营主动出击，打击敌人，掩护军区机关安全

入到我根据地来的敌人据点，一面派出大量小部队和敌后武工队深入到敌占区，积极主动地打击消灭敌人。四十二团、三十团主要活动在行唐、曲阳和唐县等地；行唐、正定、云彪（即新望都县，抗战期间为了纪念战功卓著的一一五师原骑兵营营长刘云彪，1940 年初骑兵营改编为晋察冀军区骑兵团，刘云彪任团长，1942 年刘病逝后望都县曾一度改名为云彪县）三个县的三个支队分别在各县所在地区开展游击战。

1 月 30 日，云彪县支队第三中队秘密深入敌占区，在距离今望都县城约 14 公里的郑家庄设伏，突然袭击了驻守望都外出“清剿”的敌人，毙日伪军 10 余人，俘虏中队长以下 40 余人，缴获长短枪 30 余支，还夺回了被敌人抢夺去的牛羊、驴骡等牲畜。

3 月 17 日，三十团三连以里应外合，化装巧袭的手段，一举攻克位于行唐县西北约 14 公里处的许由村敌伪据点，毙敌 3 人，俘获中队长以下 50 余人，缴获轻机枪 4 挺、长短枪 50 支、掷弹筒 3 个、电话机 4 部。在此期间三十团在团长彭龙飞带领下，深入到行唐县东北部的敌占区，于3月16日至19日，3天时间里连续摧毁北羊平、西羊平、刁村、寨里等5个敌伪据点，共毙伤日伪军160多人，俘敌69人；缴获步枪77支、子弹2100多发、手榴弹860枚，使行唐一带的敌人大为震惊，从此日伪军士气开始低落。为了更有力地打击敌人，三十团逐步转移到行唐县城以北接近阜平县的地区活动。

当时，行唐县是日伪军活动十分猖獗的一个地方。盘踞在行唐县城的一个日军小队，经常到行唐和阜平边界上进行骚扰，常到南桥（旧称南曲河）、北桥（旧称北曲河）抢掠老百姓的粮食、牲畜等财物，奸淫妇女，无恶不作，糟害得这里的人民无法生活。他们还得意洋洋地自称是“常胜小队”，多次受表扬，当地群众却恨透了这些敌人。3月21日拂晓，日本侵略军的这支“常胜小队”

三十团团长彭龙飞带领部队向行唐敌占区挺进

三十团于行唐敌占区连续摧毁敌5个据点，歼敌220余人

经该县的南桥镇南件村进犯至该县的东杨庄，然后分两路向南桥、屯里村进犯。三十团得到情报之后，决定在南桥、屯里村一带伏击这伙敌人。上午 9 时许，向屯里村进犯的日伪军突然遭到三十团二连的迎头痛击，向南桥进犯的日伪军也遭到三十团侦察连从敌人两翼发起的攻击。这两股敌人被迫汇集到屯里村南的一块小坟地里，凭借坟头顽固抵抗。团部令一连乘胜直插该县的封家佐村，断敌后路，并协同二连和侦察连围歼该敌。这股敌人遭我杀伤后，立即组织突围，仰仗武器装备精良、单兵作战能力强这一优势，数次向一连和侦察连的阵地猛烈冲击，妄想撕开一个口子逃命，但是都被我军打退。最后，日军小队长率领其残部向侦察连据守的方向突围，一连迅速追到东杨庄村北，与凶狠的日本兵展开白刃格斗，战到下午 3 时，该敌小队全部被歼灭。这一仗毙伤日军 30 余人，生擒日军“常胜小队”的队长；缴获轻机枪 3 挺、掷弹筒 1 个、步枪 20 余支。当地群众听到“常胜小队”被歼灭的消息，高兴得奔走相告，从这村到那庄都热烈庆贺八路军为

他们除了一大害，还编了故事、演了戏剧歌颂三十团的指战员。

4月7日，三十团侦察连的便衣侦察班，又在敌人设在行唐县秦家台（今秦台村）和许由村两大据点间的南窦家庄（今南豆庄）设伏，消灭了由许由据点到秦台据点去的6名日军，缴获敌人轻机枪1挺，步枪1支。三十团及其他兄弟部队狠狠打击了日本侵略军的嚣张气焰，鼓舞了抗日军民的斗志，日伪军再也不敢在据点外大摇大摆地出来骚扰，使行唐县东北部的敌占区变成了敌我双方争夺的游击区。

敌人的“跃进蚕食”被击败后，又纠集了12000余人的兵力，于4月19日开始，对北岳地区东部以奔袭合击的手段，从南到北进行所谓分区式“辗转扫荡”。为了避开敌人的合击，粉碎日伪军的新进犯，四十二团采取分散游击的战术，积极寻找战机消灭敌人。5月初，驻守在曲阳县灵山、唐县、满城县的3000余名日伪军，在合击唐县葛公、娘子神等地扑空之后，于5月6日开始全线撤退。7日清晨，唐县西北部的贤表、赤岳之敌180余人，向我

平汉路打击敌人辗转扫荡

四十二团采取分散游击战术，秘密深入敌占区，寻机歼敌

驻曲阳县北部太平庄的四十二团一连进犯，妄图掩护其主力安全撤退。一连奉命反击，战至中午，与敌对峙在太平庄附近的高地。为全歼这180多名敌人，四十二团主力和临时配属的十八团两个连，于下午两点投入战斗。二连一举攻占了太平庄东南高地，随后该连六班班长李三林带领全班又夺取纵深处一个制高点上的日军机枪火力点。这时，一连、三连各一部于下高堡村以东钳制敌人，主力以迂回动作向太平庄以西之敌展开进攻，十八团两个连连夜从太平庄以北向敌攻击，对敌形成合围之势。在我抢占太平庄北山准备歼灭敌人时，因为部队动作稍慢了一点，敌军援军赶来，残敌趁机从北山突围，逃往唐县的贤表村。此战，共毙伤敌人80余人。5月下旬，四十二团进驻唐县的北店头、西杨庄地区又歼灭抢粮之敌74人。

6月初，四十二团奉命开赴古北岳神仙山地区，准备进行内线作战的艰巨任务。团指挥部先是设在大台村。三分区指令四十二团以神仙山为中心，在东自唐县石门至草庄台一线，南自阜平台峪至大台村一线，西自老路渠至古道一线，北自涞源县狼牙口至马庄一线地域内展开，控制交通要道和制高点，坚持内线作战。主要任务是：深入宣传党的抗日主张和抗日民族统一战线政策，广泛组织动员群众，迅速发展壮大民兵武装，随时准备打击来犯之敌，适时掩护辖区内首长机关转移，确保晋察冀党政军领导机关、白求恩卫生学校、白求恩医院和伤病员，以及各后方保障单位的安全。

部队进驻后，团领导立即组织连以上干部和地方民兵干部熟悉勘察地形，了解社情、民情，初步制定了作战预案，确定了各连的具体部署：侦察连坚守石湖寺、白石台、古石地域，控制锅顶台（菜地南山）制高点，监视并阻击从平阳河谷来犯之敌；二连坚守上寺、上马石、王支村地域，监视并阻击从石门、草庄台方向入侵神仙山腹地之敌，中心任务是控制神仙山主峰奶奶尖；三连坚守马庄、狼牙口、陈士庵地域，控制望天岭制高点；四连坚守骆驼岭、北法台、陈士庵地域，控制金龙洞西南侧高地，监视并阻击从阜平县城经大台来犯之敌；特务连、警卫排控制琵琶背制高点，即陈士庵东北侧的1811高地；一连为预备队，在陈士庵待机；团指挥部和后勤机关随后设在陈士庵。任务下达后，各连迅速进行战前动员，在预战地域进行针对性演练。同时，还在各个要点构筑了工事，实施了伪装，储备了粮食弹药等必备物资。各连队还同当地民兵在村边、道口埋设了地雷、设置了障碍。

与此同时，各兄弟部队也积极行动起来。一面进行秋季“反扫荡”的准备，一面积极开展游击战，继续恢复和发展抗日根据地。其间，正定县支队的第二、第三中队，积极活动于正定县西北部的孔村、南楼、北孙、宿村和许香一带。7月21日，三中队指导员刘金庭带一个排，在正定一区小队配合下，伏击了由许香村返回正定县城的敌人，歼敌一个多小队，击毙日军教官2人，俘虏日军 10 余人；缴获日军步枪 10 余支及部分军用物资。8 月 3 日，正定县支队二中队在队长贺成健率领下，与三中队密切配合，又连克该县境内的柳树棵和西慈亭两个较大的炮楼，歼灭日伪军一个中队，俘虏日伪军 80 余人；缴获步枪 80 余支，炸毁了柳树棵炮楼。8 月 7 日，行唐县支队二中队在地方党组织和人民群众大力协助下，利用农历 7 月 7 日“七夕节”敌人强迫老百姓往敌人据点送酒送肉的机会，智取了这座炮楼，歼灭伪治安军 1 个排，俘虏敌人 50 人；缴获轻机枪 1 挺、步枪 40 支、手枪 1 支及其他军用物资。

8 月上旬，云彪县支队第三中队在平汉铁路沿线袭扰敌人后，返回唐县以北 11 公里处的水头村准备宿营时，遭到从唐县县城出来的 2000 多敌人的奔袭合围。但是这个中队沉着、冷静迎敌，果断地选择村西雨裂沟为突击方向，并发挥我八路军善于近战夜战的特长，掩蔽运动至敌人面前，以突然的火力猛烈攻击所遇之敌，击毙日伪军 100 多人，而我方无一伤亡。

在非同寻常的 1943 年，日本侵略者对晋察冀抗日根据地的打击花样翻新、名堂迭出，什么“逐步蚕食”“跃进蚕食”“辗转扫荡”，步步紧逼，一次比一次残酷。但是抗日军民并没有被吓倒，而是以坚韧不拔的精神坚持下来。三分区各部队坚决贯彻军区 1942 年 9 月份“寨北会议”关于“变敌区为游击区，变游击区为根据地，敌进我进，向敌后之敌后进军”的指导方针，尽量避免与日军决战。把大战细化为一系列的小战，今天炸一个炮楼，明天拿一个据点；今天寻机炸毁日伪军的运输车，明天抢夺敌人的粮食和弹药。白天打伏击战，夜间到城镇搞突袭，搞得鬼子不得安宁。八路军在大山里转，日军的大炮、坦克开不进去，失去了快速机动的优势。八路军主力部队和地方武装组成武工队和精干的小分队，深入敌后之敌后打击敌人，开展政治攻势，摧毁伪政权，开辟小块根据地。八路军神出鬼没，迫使日伪军中队以下分队不敢单独行动，迫使日军把大批的野战兵团变成地方治安军，使日军深深陷入了“华北治安战”的战略困局之中。

三

1943年8月份，聂荣臻接到中央的通知，要他到延安参加整风运动和党的“七大”。毛泽东主席生怕路上出差错，特意给聂司令本人发来一份电报，嘱咐他要带上一支部队，兵力起码4000人以上，以保证路上安全。恰巧，冀中军区的吕正操司令员带着一支2000多人的队伍要到晋西北去，正好一路同行，于是他就借上了这股东风，所以，尽管程子华同志一再提出：“聂司令，路上敌情复杂，我们安排一个大队（相当于一个团）护送你吧。”聂荣臻考虑到整个军区面临的巨大压力，从全局着想，他毅然拒绝道：“不用，有吕正操同志带的部队和二分区司令员郭天民带的护送部队，我们路上是安全的，你们尽管放心。”

根据中央安排，聂荣臻赴延安开会期间，仍然继续担任中共中央晋察冀分局书记、晋察冀军区司令员兼政治委员。聂荣臻离开之后，由程子华同志代理晋察冀分局书记、军区政治委员，原晋察冀军区副司令员萧克同志代理军区司令员。

聂荣臻是从阜平县城南庄区的花山村出发的。他从1937年11月7日奉命创建晋察冀军区，到现在即将6个年头了。现要去全国抗战的总指挥部——延安，心却依然留在他和战友们开辟的这全国第一个敌后抗日根据地，留在和他朝夕相处、心心相印的同事和军民身上，留在抗战六年以来这段极不寻常的岁月。他从花山村动身，很快就到了平山、建屏（这是抗战时期，以逝世的老红军、晋察冀军区四分区原司令员周建屏同志的名字命名的一个县，后并入平山县）两县。在这里他看到二分区部队过冬的棉衣还没有准备齐全，部队还在吃野菜拌黑豆面。聂荣臻心里很是不安，但是他听到二分区的部队正在响应党中央毛主席的号召，开展大生产运动，并且取得了相当大的成绩，他的心又欣喜起来。他嘱咐二分区司令员郭天民等领导同志："就是要自力更生，开展大生产，这是我们克服困难的根本办法。你们这一带羊毛很多，能不能搞些编织，织些毛袜、手套，解决部队过冬的问题。要告诉战士们，抗日战争已经胜利在望了。可是，还会有许多困难，只要大家满怀信心一起动手，就能排除万难，争取胜利早日来临。"二分区的广大指战员听了聂司令的指示，更加信心百倍地开展大生产运动。此后不仅解决了战士们过冬棉衣的问题，还通过大生产运动改善了部队的生活，提高了战斗力。后来毛泽东主席在给延安《解放日报》写了题为《游击区也能够进行生产》的社论，社论列举了二分区所取得的生产成果，还特别表扬了晋察冀二分区，号召各根据地的军民向他们学习。

聂荣臻他们一干人马通过同蒲铁路时，敏锐地发现日本侵略军又开始囤积粮食了。聂荣臻把当地部队的领导同志找来，要他们详细地侦察一下情况。侦察的结果是，敌人沿同蒲铁路线囤积了好多粮食。和敌人交战多年，聂荣臻掌握了这样一条规律：每次大规模"扫荡"或"清剿"前，日军都要囤积很多粮食，做战前准备。情况表明这很可能预示着敌人又要进行一场大规模的"扫荡"或者"清剿"。因此，路过一二〇师驻地时，聂荣臻当即给晋察冀军区发来电报，指出，从敌人大量囤积粮食来看，这次"扫荡"规模可能更大，时间可能更长，要做好充分的准备。

聂荣臻离开晋察冀军区驻地前，与军区党政军有关领导同志认真分析了国内外的形势。国内方面，中国共产党的抗日民族统一战线政策发挥了巨大威力，除汪精卫等少数汉奸走狗外，全国各党派、各阶层、海外侨胞逐步团结起来，一致对敌，有钱出钱，有力出力，全民抗战热情不断高涨。国民党军队中一些有识之士，率部奋勇抵抗，也打了一些胜仗、漂亮仗。八路军、新四军更是勇立潮头，在武器装备不良和物质条件极其困难的情况下，坚持抗战，英勇杀敌。广泛开展游击战，积小胜为大胜，有效地歼灭日伪军的有生力量。在战斗中锻炼成长，仗越打越好，战术水平越来越高。各抗日根据地不断扩大巩固，由恢复期进入发展壮大的新时期。在华北，到 1943 年秋季，冀中、冀东、热河等地区的恢复壮大已经取得明显成效。

国际形势同样令人振奋，从国际反法西斯战线的形势看，同盟国方面的英国蒙哥马利元帅率领的第八集团军和美国的第七集团军，在北非地区击溃了纳粹德国元帅隆美尔 30 多万军队的抵抗后，已在意大利登陆，迫使墨索里尼政府垮台。在苏德战场上，苏联红军取得了斯大林格勒保卫战的决定性胜利，世界战局有了可喜的转机，罪恶滔天的希特勒已开始走下坡路了。日本侵略者的日子也将走到它的尽头，尽管日本的关东军还没有投入使用，太平洋岛屿的争夺战还在激烈进行，但是，因为战线拉得太长，在我们中国，在我们华北，在我们晋察冀，它是很难再维持下去了。为了增强在太平洋上的战斗力，日本侵略者急于从华北战场抽调兵力去增援，因此，也就急于使用更大的力量、更疯狂的手段来彻底摧毁我们的根据地。这一点又是绝对不能轻视的。

接到聂荣臻司令员发来的电报，萧克代司令员很是佩服聂荣臻心细如发的洞察能力，同时深感这份电报太有分量，来得太及时了。当即他就与程子华代理书记交换了意见，指示机关抓紧研究应对之策，并向各分区及直属单位通报了敌情，要求百倍警惕，密切关注敌人的动向。

军区领导综合各方面的情况，做出如下判断：

敌人的企图是一举捣毁我晋察冀党政军领导机关，消灭八路军游击队，彻底摧毁我晋察冀抗日根据地，拔掉插在日本侵略者心脏上的钉子，以便从华北战场抽调更多兵力支援太平洋作战。

敌人攻击的重点目标，很有可能是北岳区的腹心地带神仙山及其周边地区。前几次“清剿”和“扫荡”，日军未敢贸然进入神仙山。这次敌人认为我党政军机关和大批物资都隐藏在神仙山地区，会不惜血本冒险闯入。敌人总结以往的教训，这次肯定会派重兵合围，首先控制我军民坚避物资的区域，将抢到的粮食物资等，能运走的运走，运不走的就地烧毁，从根本上破坏我北岳区军民赖以生存的物质基础。敌人会多路进击，堵住神仙山出入的各个隘口，围堵、奔袭我领导机关，千方百计寻找我八路军主力决战。敌人的手段会更阴险，更毒辣，我们面临的局势将异常残酷。

军区领导的决策，采取内线与外线相结合，主力部队与地方武装相结合，军事打击与政治攻势相结合的方针，以我之长击敌之短，打好这场以少胜多的保卫战。军区命令各分区、各部队迅即准备，随时听命投入战斗；各部之间要主动配合，互相支援，尤其要重点策应三分区的作战行动。三分区任务最重、压力最大，要勇敢地承担起保卫军区党政军领导机关和后方保障单位安全的重任，要充分发动群众，及时准确地掌握敌情变化，果断指挥，灵活应变。要依托神仙山的有利地形，以机动灵活的战术行动迟滞敌人的进攻，寻找战机，消灭敌人的有生力量，坚决完成任务。萧克感到七月份以来，在金龙洞休养工作两个多月，使他对神仙山一带的敌情、我情有了较全面的了解，对于定下决心帮助很大。

果然不出军区领导的预料，日本侵略军华北最高指挥部决然抽调第一一〇师团、第二十六师团、第六十二师团、第六十三师团，独立混成第一、第二、第三旅团以及华北地区的伪军等共计

4万之众，像蝗虫一般气势汹汹地猛扑过来，大有“黑云压城”之势。4万敌人分别从河北省的平山县、灵寿县和山西省的五台县、灵丘县等几个方向同时出动。首个目标直指阜平以南至灵寿县陈庄镇为中心的第四军分区。9月16日，敌人便开始向北岳区以神仙山为腹心的地带进行大规模“扫荡”。在进占涞源县走马驿、唐县军城和阜平东下关、西下关诸点之后，分四路向神仙山地区进攻。

9月20日拂晓，当日伪军对阜平东北唐县的军城、青虚山以及完县（今顺平）的北清醒等地构成包围之后，以事先分派好的“扫荡剔决突击队”，即以或杀人，或放火，或搜粮等为各自任务的专业分队，野狼般凶狂地奔向各自攻击目标，大肆捕杀抗日工作人员，到处挖掘我方坚壁清野的物资，到处毁坏根据地的设施，一时间腥风血雨，给这里的百姓造成无法估量的损失。

如此凶猛的攻势，如此残酷的破坏，丝毫没有吓倒晋察冀军民。军区和三分区的领导都清楚敌人的弱点，日伪军虽然有4万之众，但是其中日军只有16000人，这些日军来自不同师团，还难以密切协同起来，至于伪军就更不经打。这里曾发生过一件真实的事情，一天傍晚，炭灰铺村几个民兵看见一个伪军在田埂上撅着屁股大便，步枪和从百姓家抢来的一只鸡撂在埝阶跟。民兵们飞也似的跑过去，一脚踢他个嘴啃泥，然后把他抓回村里交给村干部。村干部审问道：“你狗日的为啥当汉奸，来山里祸害俺这一方百姓？”从平阳村过来的一位亲戚一边旁听，一边仔细地端详，发现这家伙面色蜡黄，小眼贼亮，两道眉往下耷拉着，上前就掴了他个大耳光，喊了他一声“狗领前”，随后骂道又是你个王八蛋！他对村长说这狗日的是伪军小队长，去年鬼子“扫荡”平阳河沟，他赶过乡亲们一群羊，卖给了曲阳人。伪军喊他苟林谦，我们老百姓骂他“狗领前”，意思是他给鬼子当汉奸走狗，走在敌人面前。“狗领前”招供自己是平汉铁路边上一个村的光棍，原先家里挺富裕，后来他吃喝嫖赌败了家，媳妇和孩子离他而去，他就投靠了日本鬼子。去年他随日军进山来，确实在平阳河沟抢过牛羊驴骡，卖出去发了一笔财。他说他表哥是保定府里一个伪军中队长，已经替他买了一处宅子，还从窑子里给他赎了个窑姐，准备以后把家安在保定市好好享几年清福。他对天发誓，说这是最后一次了，以后再也不吃这碗脏饭了。村干部听了勃然大怒拍着桌子训斥道：“我真想一枪崩了你这个狗汉奸！”围过来的百姓也愤怒地喊：活埋他，拿石头挤死他！村干部思忖了一会，转脸对“狗领前”说：“我们给你开条路，放你一马，你回去传话，宣传宣传我们根据地的情况，宣传宣传我们的政策，你要是下次再来，我可就没有诸葛亮七擒孟获的耐心了，我要拧下你脑袋叫狗啃，你就别想‘狗领什么前’了！”大部分伪军差不多是为了自家的蝇头小利，来替日军卖力的，老百姓恨透了他们，有办法对付他们，这些伪军不经打！

9月20日早上，住唐县军城的日伪军400余人，经唐县石门村向西边的蟒栏、王支方向前进。四十二团二连隐蔽地占领了上马石东西两侧的高地，当敌人到达上马石南侧时，二连立刻集中火力突然向敌人射击，激战到下午2点，打退敌人多次进攻，毙敌50余人，使敌不能再向前一步。鉴于敌人对我已经形成合围态势，为确保部队在主要方向的行动，团部命令二连以一个排的兵力迟滞消耗敌人，二连主力向神仙山主峰奶奶尖转移。二连一个排隐蔽地迂回到敌人右侧后，突然开枪射击，又毙伤日伪军50余人，连主力趁机经百石台转向神仙山主峰奶奶尖。

9月23日，2000多名日伪军从阜平县城出发，进入板峪河谷，经大台、坊里以及平阳河谷的吴家庄、台峪北进，直扑神仙山；住唐县军城的日伪军1000多人进至大岭口、草庄台；从涞源

敌两千余人向神仙山实施分进合击，四十二团连续打退敌人多次进攻

县走马驿来的500余日伪军进至神仙山北的马庄；东、西下关来的敌人也进至段家村、董家村。东西南北四路敌军逐步缩紧包围圈，以上述各地为据点，每天都派出小分队四处搜剿，抓捕当地的干部群众，并派一至三架飞机进行超低空侦察，欲实现占领神仙山的目的。形势非常严峻，敌人从四面八方攻来，如何把他们打回去？四十二团团长成少甫、政委熊光焰、参谋长马卫华等首长，已经带领部队做了三个多月的勘察和调研，对这一带的地形、民情了如指掌。他们迅即召开作战会议，决定按照毛主席“集中主要兵力对付其中之一路”的打法，集中兵力，打退阜平、大台方向攻来的敌人，但当务之急是把患病在身的萧克代司令员转移到安全地带。

萧克的病越来越重，时常发烧昏迷，再也无法借下棋给三分区的军民壮胆助威了。

常来杀棋的老乡贤是位老中医，一连给他开了几服中药都不见效，只好劝告说：“萧司令啊，您赶快到大城市瞧瞧吧！我号你的脉，知道你脏器里有了毛病，尤其是肺部毛病很大，也知道用啥药效果最好。可就是眼下兵荒马乱的，你病得不是时候呀！有几味药咱这儿眼下实在无法买到。非是老朽我夸大话，要是平时，时间稍长点，我肯定能治好你的病。可眼下——”老中医十分为难地摊开了双手。

萧克赶忙安慰道：“不要紧，老人家，我的病过几天就好了。好了咱们还杀，我已经输给你好几盘了。”

第二天，老乡贤从家里抱来了一只扑棱棱的红毛大公鸡，悄悄交给警卫人员让他们把鸡炖了，让萧克连汤带肉吃。警卫人员哪里肯收，连忙解释说：“老大爷，你老还是拿回去吧，我们有纪律有规矩管着，这东西万万不能收！这是违反纪律的。”

老乡贤十分生气：“你们怎么说话？萧司令都病成这样了，需要给他加点营养。咋能不收？你们也不想想，现在咱老山沟里还有什么可滋补的东西？牛，让鬼子们赶走了。猪，叫鬼子们宰光了。羊，不敢上山放。我实话告诉你们吧，大村的鸡都叫日伪军抓光了，我这鸡是深山老峪里俺闺女带过来孝敬我的，我把它转送萧司令，这叫犯什么纪律？你们若是怕犯规矩，就拿军棍打我的屁股。”由于双方争执的声音大了，萧克从屋里挣扎着走了出来。

老乡贤冲萧克说：“请司令员评评这个理，我闺女孝敬我的一只鸡，我转送给你，请你帮我把它消化了，这叫犯纪律不？”

“老人家，你给我看病治疗，我还不知怎么感谢您呢。现在又送我这么好的东西，我实在不好接受。”萧克说，“你老都古稀之年了，从自己牙齿缝里省下来，叫我消化，我怎么好意思？”

老乡贤真生气了：“我们山里人有句老话，叫作‘七十不打，八十不骂’。老夫我已是古稀之年的人了，这点情面也不给，岂不是打我的脸，羞臊我！”

话都说到了这份上，萧克实在无法违了老人的心意，只好叫卫士把鸡留下，给大家弄锅鸡汤改善一下，不知多少天了大家老是黑豆面、一日两餐饭，好长时间没闻过肉味了。他转身从屋里取出一副从日本军官身上缴获来的象棋，交到老乡贤手里，他说："老人家，做个纪念吧。你要是不收，就算是先替我保管，等我回来，咱再杀，这行吧？"

老乡贤看看这棋子活像是象牙制作的，颜色是柔和的淡黄色，棋子相碰"哗啦啦"的声音也很好听。老乡贤说："你既然这么说，那我先收下，以后一定完璧归赵。"二人握手告别，相约萧克回来了一定接着杀。

王平政委几次打电话催促萧克赶快转移。萧克总说没事没事。至此日伪军已经分九路从四面八方围攻过来，日伪军一面在四面搜山，一面叫伪军高声大嗓地叫喊："萧克，你跑不了了，赶快出来投降吧，晋察冀被打垮啦。"同时，还四处造谣说，聂荣臻一看形势不好逃跑了，萧克被民兵用地雷炸死了，故意在军民中制造混乱，妄想打一场心理战。任凭风浪起，稳坐钓鱼船。萧克将军绝无半点惊慌，此时，他想到了初到阜平的往事。为了工作方便起见，夫人蹇先佛把儿子新华奶养在城南庄区南面一个叫谷家庄的小村庄。奶娘一家对新华就像对自家的孩子一样亲。开始，新华常闹夜，不时地啼哭，奶娘夫妇俩黑夜间你抱一会儿，我抱一会儿，轮番伺候，一点屈也不让孩子受。后来孩子食量越来越大，奶水不够他吃了，奶娘的丈夫王金生就把自家养生护命的一点小米拿出来磨成面，再熬成糊糊喂孩子。新华还吃得挺香的。全村党员都为这个孩子操起心来。党员刘振瑞看到王金生家小米接不上顿了，自己家里又没有，就到行唐县自己亲戚家借来些小米供孩子吃。孩子长得很好，长大了哭着闹着不愿意离开奶娘家。像这样的太行奶娘在边区真不知有多少，像这样一心为了抗战的父老乡亲真不知有多少，像这样团结坚强的党组织各地都是，有这样坚强的党组织和同仇敌忾的军民，一定会粉碎敌人的围剿扫荡。对此他充满自信，底气十足。

三分区领导命令四十二团调整作战部署，坚决迟滞敌人的进攻，并令四十二团团指挥所向奶奶尖转移。在王平政委一再催促下，萧克代司令员这才与由远道赶来的夫人蹇先佛、军区卫生部政委姜齐贤、几位医务人员，以及随从护卫开始转移。从金龙洞村出发路过“九里十八弯”转移到炭灰铺村，又从炭灰铺村转移到更加隐蔽的大铁工村，但是，大铁工村也非保险之地。这村离炭灰铺村只有一公里路，如果敌人从金龙洞追过来，仅仅五六公里的路程，个把钟头就能赶过来。萧代司令怎么突得出去？炭灰铺村主要干部带病和村里的抗日积极分子一起商量，往东去山高

阎王鼻子下面陡峭的山峰

阎王鼻子

路远，敌情严重，眼下的唯一出路就是去西北的菊花石堂村，那里有白求恩国际和平医院的一个救护小组，还有战斗力比较强的民兵游击组，最重要的是那里尚未发现敌情，相对来说还比较安全。可是往深处仔细一想，村干部们又情不自禁地摇了头。西北去的方向没问题，可是去菊花石堂的路实在是太难走了。羊肠小道在陡峭的大峡谷中左转右弯，上下穿行，所谓路不过是悬崖石壁上的一趟脚印，都得踩着石头前行，黑夜间走这路那更是凶险万分不可想象。最怕人的是那两道天险，阎王鼻子、木把钩，那儿哪是人走的路呢？冒这险简直是闯鬼门关！

阎王鼻子、木把钩，您一听这名就知道那里有多么凶险了。所谓“阎王鼻子”，一是从侧面看，状如人鼻的一块大石崖凌空耸立；二是主要形容它的凶险：两边是刀削斧劈的山峰，高耸入云，两山之间的距离二三十米，在距地面六七百米的陡壁上凿出一条窄的石径，只能容一人通过，往上看是一线天，往侧下方看是深不见底的大峡谷。低矮处大人直不起腰来，只能低头哈腰地走，还有一段光秃秃的斜坡，人们在上面凿了些脚蹬窝，已被踩得光滑如镜。这段路既无抓手又无护栏，稍有闪失，就会跌入深谷，粉身碎骨。路过这里就好像去摸阎王的鼻子一样凶险。过了阎王鼻子往前走 300 多米，又是一道石崖横在人们面前。当年的猎户和樵夫为了养家糊口，不得不冒着生命危险，在这半山崖上凿出一趟石窝窝，用脚板踩着攀爬过去，一旦从崖上跌下去就会摔成肉泥烂酱。为了防止跌崖丧命，人们在崖顶垂下一条铁链子，链子下端系一个木把钩，人们脚踩崖上的石窝窝，手抓悬空的木把钩，一步一步往前挪，才能侧着身子蹭过去。这两道天险，不用说外地人，就是当地人看了都心惊胆战。

炭灰铺村的主要干部，曾经向王平政委做过承诺，一定要保证萧克等首长绝对安全。村干部们商量之后，决定先把萧克用担架送到五公里之外的三岔口，然后再设法穿越阎王鼻子、木把钩两大天险。他们还群策群力想出一个办法，在全村挑选出八个身强力壮的小伙子，先用担架抬着萧克到大铁工。到了大铁工再找来几根湿木棍用火烤弯，做成一个让萧司令坐在里面觉得舒服的背架。走平一点的路用担架抬，爬坡过崖时用背架背，用粗细两种绳子把萧司令和背架连同要背他的人“三位一体”地固定在一起，这样爬坡时就更稳当一些。对人员也做了调整，在大铁工村挑选了四名身强力壮，又熟悉这段小路的民兵作为“主背”。一切准备就绪，天色已经很晚了，赶紧向菊花石堂进发。

炭灰铺大峡谷

这十几里的路实在太难走了，“蜀道难，难于上青天”，这儿一点也不亚于蜀道，他们已经进入著名的神仙山大峡谷。自金龙洞开始经过炭灰铺、大铁工、三岔口、菊花石堂、教庆到陈士庵。两边的山既高又险峻，相距很近，抬起头来看到的是“一线天”，山谷很深，大都是横七竖八的乱石滩。部分路段盘绕在半山腰，脚下是石头丫杈的羊肠小道，有的坑坑洼洼，高低不平，有的被行人踩磨得光溜溜的，走在上面直打滑，稍不留神就会摔倒，掉到谷底。河谷中的乱石滩也很难走，尖石头硌得脚板痛。圆石头让你栽跟头，乱石缝又毫不客气地崴伤你的脚。大白天当地人都不愿意走的路，负重行走，其艰难就更可想而知。夜黑漆漆的，远山影影绰绰只能看到个轮廓，脚下的路几乎看不清。几个人好歹走惯了山路，抬着担架尽量把脚抬高，落地稳一些，尽量减少脚下的磕磕绊绊，遇到险一点的路段大家格外小心，探明路况，有把握了再通过。折腾了大半夜才赶到了三岔口，此处向右 2.5 公里地是神仙山脚下的三眼井村，向左才是目的地菊花石堂，最难走、最危险的路段就在眼前。大家停下来，做短暂的休息，认真地检查整理了背架和担架，准备冲刺了。眼前是一段 500 多米的一段上山的羊肠小道，70 多度的坡度，七转八转，不费把子力气是上不去的。几个人铆足了劲，连抬带架地挺上了半山腰。他们脚下险象环生，有的甩掉了鞋子，有的划破了手指，有的脚面流着鲜血，这些大家都顾不上，一心想着别让首长受了伤，就这样，一鼓作气把首长送到了山冈上。说来也巧，这山冈上出现一块白色的大石头，俨然是个平整的大床。首长被颠得够戗，正好把抬架平放在上面让首长稍事休息，后人把这块大石头叫作“将军床”。他们累极了，浑身上下都被汗水浸透了，坐在大石头旁边喘口气，养养精神，再往前走。

人们记得清清楚楚，萧克代司令员就是在这块大白石板上挑的兵选的将。行前炭灰铺村的干部就派出八位民兵抬担架，从中又挑选出过天险的四位“主背”，他们是曾红明、曾红藩、侯文

将军床

清、辛四。天麻麻亮的时候，在白石板处，萧司令亲自进行挑选。他对四个“主背”说：“来！你们四个年轻人背起我走几步叫我看看。”经这么一试他心里有底了，个子高的过崖晃荡，稳定性差一些，个子低的力气又相应的弱一些。经过试验比较，最后他选中了曾红明。

为什么选定曾红明？主要有以下几个原因：一是曾红明个头儿合适，不高不矮，身子板硬朗，走路稳当；二是政治可靠，是个地下党员。曾红明出生非常贫寒，他1922年出生，5岁上就开始在三里五乡讨吃要饭，多少年以后乡亲们还并无恶意地叫他“小要饭的”。他8岁上就开始给人们撵牛放驴，冬天农闲时节就在炭灰铺煤矿下煤窑往外背煤，小小年纪就担起了生活的重担。因此，抗日战争爆发后，他积极靠拢地下党组织，秘密参加了地下党组织的活动，思想觉悟提高很快。八路军来了，他积极主动抬担架、送公粮、送情报，参加游击、样样带头。1942年，20岁就入了党。1943年6月份，四十二团进驻神仙山以后，他受党组织指派给四十二团当向导。因为多年下煤窑当“煤黑子”，练就一身好苦力，一百七八十斤的煤炭筐子背在身上，时而弓腰时而匍匐着从几里深的煤洞里爬出来，辛酸苦累中身板磨炼得很硬朗。他既有力气又有觉悟，完成党组织交给的这一特殊任务，几乎非他莫属。

要过阎王鼻子了，四个身强力壮的小伙子现场分工。一个在前面引路，一个紧随曾红明之后，随时伸手援助，还有一名提着担架，当替补。曾红明的高空背人行走，像杂技里踩钢丝似的开始了。他背起萧克，提醒首长搂紧他的脖子，然后小心翼翼地顺着悬崖峭壁上的石窝窝往前一步一步地挪动。为了更保险一些，他干脆脱下鞋子，光着脚丫攀爬。遇到特别狭窄处，就尽力降低重心，手脚伏地，膝盖和胳膊肘在冰凉的石崖上连碰带磨地匍匐前进。上坡时，他用手死死地扣住石头台阶，一只脚踩稳了再挪动另外一只脚。他目不斜视，心里也不敢多想，稍有闪失下面就是万丈深渊。他的手、眼、脚和大脑都集中在一个点上，必须确保萧司令的安全，必须把萧司令平安地背过去。

其余的曾红藩、侯文清、辛四等人有的在后面推着首长的屁股，助一臂之力。四人费了九牛二虎之力，终于越过了第一道难关——阎王鼻子。大家松了口气，信心更足了。青年人就是青年人，这当口这伙小青年还要开开玩笑：“曾红明，过木把钩可还是你的事啊，你有经验了嘛。”

曾红明说：“不行，不行，你们得找人换换我，我真害怕得不行。”他把“这责任太大了，司令员是千军大帅，万一出个娄子，那可是谁都担当不起”这几句话留在了肚子里。

小伙伴们一起说：“还是你了，你有经验了。”

曾红明知道这事并不是小伙伴们耍滑头，是此时他已无可推辞，必须重新上阵。他抖抖精神准备再过另一关——木把钩了。这木把钩与阎王鼻子不同，它险在从高高的悬崖上往下走，居高而下重心更难掌控，身子更容易晃动。他再次用背架背起萧司令。

这回他认真想了想，当机立断，学张果老倒骑毛驴的样子，用倒着走的方式往崖下挪。脸朝里，背冲外，一步一步向下慢慢地磨蹭。为了更安全些，曾红明死死抓住铁索上的木把钩，萧克紧紧搂着曾红明的脖颈，有一个人在下面用手顶住萧克的臀部，村干部在悬崖下布置了专人负责保护。护送的人们不断地提醒着："下，下，下，再下！慢点！慢点，小心！小心，注意！注意！"一挪一蹭往下移动，终于把萧克安全地背过了木把钩。因为极度紧张，曾红明在地上躺了好半天，才从地上坐起来，长长地出了口气。

背架再次换成担架，炭灰铺的游击队员们硬是在一夜之间把萧克代司令员送到了菊花石堂，安置在抗日积极分子张有家里。尔后，由四十二团政委熊光焰带领的一连护送萧克到了临近山西省的摩天岭一带。

9 月 25 日，敌军开始向神仙山实施分进合击。8 时许，住在大台村的 400 余敌人从该村出发，在炮火和飞机的掩护下，向坚守在毗邻金龙洞村的四十二团四连阵地发起猛烈进攻。这里的地形非常有利，金龙洞在发源于神仙山的板峪河西岸，这里的河谷宽不过百米，拐了一个"之"字形的弯，河谷两岸的山峰陡峭。日伪军从这样一个大峡谷进来等于进了死亡地带。团长成少甫命令四连在金龙洞西南据险阻敌。连长马承周，灵寿县慈峪镇人，农民出身，1938 年入伍，同年入党，作战英勇顽强，指挥机智灵活。他果断率领七班战士带一挺机关枪，火速占领金龙洞西南侧高山上的有利地形，以迅雷不及掩耳之势撂倒 20 多名日伪军。他及时准确地指挥投掷弹筒消灭了敌军 1 个指挥官。四连的战士们依靠这些有利地形，巧打妙打，日伪军整整强攻了一天，30 多具尸体像谷个子似的撂在金龙洞前的河谷里，而我方阵地则岿然不动。与此同时，马庄、台峪之敌，先后向三连、侦察连守卫的望天岭、锅顶台实施攻击，均被我方击退。第二天，日伪军又在两

四连金龙洞机枪阵地

架飞机掩护下再次从大台村北进犯而来，结果又丢下 30 多具尸体，狼狈逃回大台村。第三天、第四天一连两天，日伪军猬集在金龙洞南面按兵不动。成少甫团长他们判断神仙山地形复杂，敌人在这里的战术手段也会随时改变，现在敌人一定在准备一次更大规模或更加凶险的进攻。于是团部命令四连一面坚守金龙洞，一面在“九里十八弯”修建预备阵地，并指导金龙洞、炭灰铺等临近几个村的民兵迅速在进入神仙山腹地的山路上埋设大量地雷，以便节节阻击敌人。

这“九里十八弯”，指的是金龙洞村至炭灰铺村的路段。雄伟的神仙山脚下有东西两条河发源而出。东边一条流经台峪、北庄汇入阜平的母亲河——沙河，名叫平阳河。西边的一条，流经炭灰铺、金龙洞、大台等村汇入沙河，叫板峪河。这河东、河西两边都是高高的山峰，河里的石头，大的像牛如驴，小的似人头拳头，东坡跟一条小路蜿蜒，路面不过一米，随着山与河的走向，共 4.5 公里的山路却拐了 18 道弯。这小道还特别重要，为啥？因为炭灰铺出煤。煤的质量很好。这煤，无烟、易燃，煤块有棱有角，面如明镜一般锃明瓦亮。每到冬天到来之前，富裕人家让人赶着驴或骡，驮两个大驹笼，装了煤炭回家过冬。平日里，民间烘炉打铁碾钉，用不了多少煤，因此，平时这段路显得很冷清，只有过冬之前才会热闹上一阵子。这里真正热闹起来是抗战开始之后，边区工业发展起来，全靠炭灰铺的煤炭当“粮食”。没有了“粮食”，边区工业怎么得了？因此，保卫炭灰铺煤矿也是保卫神仙山的重要任务之一。

9月29日，大台、段家村之敌，集中兵力向金龙洞实施重点进攻。6时许，住大台村的700余名日伪军在飞机、火炮掩护下正面进攻金龙洞。住段家村的500余名日伪军由安家台村向金龙洞北山迂回逼近。四十二团四连马承周连长带一个班勇敢地迎上去，首先击退从安家台迂回过来的敌人。尔后，把连队编成几个小分队，利用有利地形，打退了敌人的八次冲锋，毙敌百余人。接着，边打边撤，诱敌深入到金龙洞与炭灰铺两村之间的“九里十八弯”。两路敌人1200多人总算闯过了金龙洞。日本兵大队前面是少数伪军当“替死鬼”给他们探路，狡猾的敌人赶着一群百姓的羊为他们蹚地雷。

一进“九里十八弯”，三架日军飞机就在河谷两侧的山地来回盘旋，擦着山尖树梢用机枪疯狂地向山峰冈峦扫射，打得山上的沙石腾空飞起。山炮和迫击炮也向着河两边的悬崖石壁猛烈轰击，生怕八路军设伏。日伪军刚踏进十八弯的第一弯，就踩响了三颗地雷。烟尘冲天，先头部队被炸得七零八落。有一个骑大白洋马的家伙挥着指挥刀呜里哇啦地喊叫着跑来督战，忽然马肚子底下冒起一团红火，这个日本军官也随着火光和响声飞上空中，结束了其罪恶的一生。一直拼杀到下午2点，日伪军以伤亡百余人的代价，才向炭灰铺村前进了不到2.5公里，“九里十八弯”真成了侵略者的鬼门关，成了埋葬他们的坟墓。这其中炭灰铺、金龙

四十二团四连坚守金龙洞，粉碎敌人多次大规模进攻，为保卫神仙山做出了突出贡献，战后被军区授予“神仙山保卫者”荣誉称号

洞、大台等村的民兵游击队功不可没。他们和四十二团的战士们一起在山上阻击敌人。枪支差、弹药缺，他们就拿出自己的绝招儿，在山上往山下滚抛石头。这里山高坡陡，几个人推起一块块大石头，骨碌碌滚下来，日伪军一时间竟被这“滚石阵”砸得躲躲闪闪，前进不得。这山上滚石还有一大作用，便是一旦滚落在路上挤挤挨挨便成了绊脚石，日伪军走走打打停停，整整磨咕了一天，直到黄昏时分，他们才战战兢兢走过“九里十八弯”，逼近炭灰铺。

四连的战士们埋伏在伪装好的阵地上，一见日伪军就火冒三丈，几次要求射击都被连长马承周制止，他向大家解释：敌人武器好，我们武器差，弹药少，离远了不好打，等鬼子们走近了再动手打！待近千名日伪军接近炭灰铺西南侧我方阵地，我四连一排、三排奋勇抗击，打退敌人一次又一次进攻，毙敌百余，杀得敌人闻风丧胆。随后，命令二班坚守阵地，主力撤退。二班班长孙金科同志，是位 1940 年从阜平入伍的共产党员，率领全班战士死死咬住敌人，一连打退日伪军多次反攻，最后弹药打完耗尽，他大声鼓励大家:“战士不怕牺牲，中华儿女宁死不当俘虏！”然后一跃冲向敌阵。在班长的带领下全班战士与冲上来的日伪军展开白刃格斗，战至最后全班砸掉武器跳崖殉国。身负重伤的刘小，拉响最后一颗手榴弹，与扑上来的敌人同归于尽。经过一番激战，二班阻住了敌人，完成了掩护主力向胭脂洞、主峰奶奶尖转移的任务。令人痛心的是二班战士全部殉难在这里，成为与神仙山永世长存的丰碑！

日军为了在炭灰铺站住脚，叽里呱啦地呐喊着抢占东西两侧的山头。其中一路 400 多人冲着大东盖和土洞子梁往上爬，接近大东盖山顶处有一片玉米地，鬼子们三五成群地烧玉米吃。马承周连长已率领四连主力由向导曾红明带路，从大铁工村出发，抄小路隐蔽地抢占了村西南的大东盖高地和小铁工村南侧的无名高地等待时机。待到玉米地里冒起了烟雾，趁敌不备，连长一声令下，机枪、步枪同时开火，手榴弹也带着子弟兵的满腔怒火投向敌群。日伪军遭到突袭倒下一片，等醒过神来之后组织反击往山顶冲。四连指战员高喊着“为二班战友报仇”的口号，向敌人猛烈开火。机枪班班长权新法和身边战友密切配合，打退了敌人多次冲锋。他 3 个点射，打死 7 个敌人。战士郭成双巧妙利用地形地物，9 枪打死 5 个敌人。四连出色地完成了上级交给他们的阻击任务。连长果断下令撤出战斗，由曾红明带路，赶往胭脂洞增援指导员带领的小分队。胭脂洞在神仙山的半山腰，距主峰奶奶尖 3.5 公里，住着十来户村民。指导员率领小分队依托破寺村、木榴柱村的有利地形阻击敌人。200 多名日伪军仗着人多武器好拼命追击。马连长带着援兵从山坡上冲了下来，两路人马在胭脂洞村南合兵一处，把敌人挡在一个山脚下。连长指导员商量后把伤员藏在村旁一个石洞里，并把敌人引诱到崎岖的山路上，打了两个漂亮的伏击，杀敌 100 多名，在山高林密的奶奶尖山脚下，四连和敌人玩起了捉迷藏打起了游击战。日伪军人生地不熟，生怕丧命，只好龟缩到炭灰铺村宿营。

当晚想在炭灰铺村宿营的日伪军，进村后每个路口都踩响了地雷，进院子院门口地雷会炸响，抓鸡赶猪进马棚，到处会受到地雷的“欢迎”，无奈只好从炭灰铺村子里撤出，在村外的河滩里宿营。四连战士和炭灰铺的民兵组成几个游击小组，轮番不断地袭击敌人，一会在西山打几枪，一会到东山打几枪，一会在山坡上往下放“滚石”，一会在铁桶里放鞭炮，叽里咣当，真假难辨。敌人不知道周围的山上有多少八路，被折腾得吃不成饭，睡不好觉，只好向周围的山上毫无目标乱放枪、乱打炮，给自己壮胆。日伪军占领这个百十户人家的村庄付出了很大代价，因为四周的高山被我们控制着，他们处于被动挨打的困境。这让他们尝到了这里八路和民兵的厉害。一夜难眠，第二天大清早，日伪军就无可奈何地从炭灰铺撤走了。其他三路人马见正面进攻的部队败北

四十二团主力一面保卫神仙山地区的安全，一面主动出击打击敌人

后撤，10 月 4 日也都分头退出神仙山。第一次围攻古北岳恒山——神仙山宣告失败。

这时四十二团留部分兵力在神仙山一带，继续坚持内线作战以牵制敌人，主力迅速转移到沙河北岸一线打击进犯到那里的敌人，团指挥所也转移到了东板峪店村。苦战 12 昼夜，四十二团经过大小战斗 18 次，以伤亡 17 人的代价，赢得毙敌百余人的战果，粉碎了日伪军对神仙山的第一次围攻，受到晋察冀军区和三分区的通令嘉奖。

四

日伪军遭到我八路军和民兵的连续打击，被迫收缩到沙河、唐河两大流域，主力暂且休整，同时派出小股兵力一边“清剿”，一边抢夺百姓的粮食，破坏边区秋收。转到外线的四十二团，部分兵力继续保障神仙山地区的安全，一面和兄弟部队配合，主动打击出来抢粮的日伪军。

10月8日三连一部偷袭了驻涞源县马庄村的日军骑兵小队，毙伤8人，炸死敌人军马20余匹。10月10日夜间，团参谋长马卫华率领二连、四连和特务连之警卫排、重机枪排，进至阜平县瓦泉沟村待命，准备以伏击手段打击该县驻西庄、方太口村的“清剿”、抢粮之敌，同时打击日军来往于曲（阳）—阜（平）公路上的运输车辆。第二天，驻在方太口村的日伪军100余人，挟持被抓来的民夫40余人，赶着十来匹骡马，闯进北刁窝村抢粮。马卫华沉着指挥，命令部队不要伤及群众，隐蔽接敌，突然发起攻击，痛击这股敌人，消灭日伪军30余人。到25日又转战至鹞子河畔的段家村、董家村等地和当地民兵一起伏击出来“清剿”、抢粮的敌人一股。四十二团像旋风般忽而往东，忽而往西，连连出击，打得敌人蒙头转向，有力地保卫了沿河产粮大村的秋收夺粮工作。

又一个秋天到来了，阜平大沙河沿河两岸的庄稼长势良好！玉米穗上鲜艳的红缨干褐，到了催人收获的时节；金黄的谷穗和稻穗压弯了腰，送来阵阵醉人的清香；红薯在黑绿变黄的叶蔓下日趋成熟。

粮食是战争的重要物资保障。日本侵略军同样知晓“兵马未动，粮草先行”的道理。因此，每年秋后都出来“扫荡”，目的就是抢中国百姓的粮食补充军粮，搞所谓“以战养战”；抢不走就烧毁，以从根本上摧毁边区军民生存的基础。

阜平境内，沙河两岸，西起法华村的苇子畦，东至王快镇的步高崖，连续40多公里长的河滩地上，玉米、稻子、高粱等大秋庄稼一派丰收景象，这里是阜平县的“饭碗子地”“命根子田”。为了不让日本侵略者把群众辛辛苦苦干一年眼看就到口的粮食抢走，县委、县政府早就做了动员和安排，决心搞好坚壁清野。由于多年来对付鬼子，人们已经有了相当丰富的经验。边区的文艺战士们编写并教人们唱“二月里来，好春光，家家户户种田忙，多种多收光景好，多打粮食交公粮”，这是劝耕劝种的春歌；秋天里则唱着：

九月里来，秋风凉，
谷子高粱上了场，
快打快收快埋好，
防止鬼子来抢粮……

和敌人针锋相对抢粮夺粮，边区军民一连数年挫败了日伪军的抢粮行动。然而，1943年整个边区及阜平的夺粮大战，却是进行得分外艰难。为了抢夺阜平沙河一带的秋粮，日本侵略军在临近阜平县城西侧的法华村修建了临时飞机场，还派了一个叫茅律（百姓称之为“毛驴”）的将官来坐镇指挥。县委组织群众跨区联村实行夺粮，一方面把临近几个村的民兵游击队统一组织起来，帮助各村农民抢收已经成熟的庄稼，一方面组织县区地方武装及各村骨干民兵切实做好保护工作。让我们来看一个明月夜夺粮归藏的场面吧！月亮升起来了，照得大地明晃晃的，水田里的稻穗在微风中晃动，一大群青壮年来到稻田里，用磨得飞快的镰刀，把稻穗唰啦、唰啦割下来，飞快地装进一条条口袋里。有人背到河边，再有人背上口袋飞快地运送到指定的地方先掩藏起来。趴在村后山坡上的人民武装把枪口对准敌人可能出现的地方，万分警惕地进行着观察，一旦发现敌情，马上鸣枪报警，并且随时阻击敌人，掩护夺粮大军安全撤退。法华村的民兵设计巧妙地牵制敌人，先是在村里张贴了大标语，上面写道:“小日本，别猖狂，老子就在村中央。黑夜叫你睡不成觉，白天叫你见阎王……”这是一场心理战，先从精神上给日伪军们当头一棒。民兵们在村边埋设地雷，夜间躲在隐蔽的地方冲着日军的指挥所噼里啪啦打上几枪，外面黑灯瞎火，地形又不熟，日伪军怕吃亏不敢轻举妄动。一连几个晚上，沙河两岸的庄稼就叫军民们在敌人眼皮子底下收了个净光。“毛驴”司令气得哇呀呀直跺脚，一刀把一个汉奸小头目的脑袋砍了下来。阜平县委、县政府则召开大会表扬夺粮大战中的有功人员。照旺台村游击组长李瑞被誉为“一手拿枪，一手拿镰的好民兵”，是全县受表扬的夺粮英雄。他谦虚地说:“这次要是没有四十二团和其他边区子弟兵的帮助，我们民兵和地方武装可招架不住日伪军的反扑，这头功应该记在四十二团身上。”

第一次“围剿”“扫荡”，日伪军兵败神仙山之后，又遭到四十二团和其他兄弟部队的一连串打击。经过一段休整，鬼子“总结”了失败的教训，改换战术不再急于强攻，而是开始对神仙山地区实行“长期驻屯清剿”。这伙狗强盗，先是在通向晋察冀边区内地的交通要道及主要村镇安了临时据点、炮楼，接着每天派出小部队出来搜捕、杀害抗日干部群众，焚烧百姓房屋，寻找军民坚壁清野的粮食和边区银行的钱财，妄想困死这里的军民。

1943年9月，日伪军又开始对根据地大“扫荡”。军区白求恩卫生学校和白求恩国际和平医院的80多名伤病员，其中还有20多名重伤员，奉命在神仙山一带就地隐蔽治疗。伤病员的治疗和护理由外科医生邢竹林负责，并由他带领本院护士班副班长苏景芳等十几位医院工作人员，一起担当这一重任。

日伪军像蝗虫一般聚集在大台村，步步为营日夜搜查、“清剿”，稍有不慎就会被发觉。重伤员还急待手术，形势显然对邢竹林他们十分不利。但是，这里的地形地物格外有利，神仙山山高林密，西北边的山谷中散布着大大小小十几个村庄，有岭根、土洞子、秋树滩、教庆、菊花石堂、黄草窟窿、三眼井、陈士庵，一听这些地名您就知道这些村是多么偏远。从6月1日开始，医院奉命在这些山里建立了五个便于隐蔽、便于生存、攻守兼备的战救基地。这里的山洞，虽不及金龙洞那么深那么大，但是数量较多，而且很便于隐藏。毛泽东主席说过，战争最深厚之伟力，存在于民众之中。事情正是这样，这里的群众觉悟高，对待八路军像亲人一样，有他们支持，进山隐蔽治疗就如同蛟龙入海、猛虎进山一样。临行前邢竹林和他的一干人马向医院领导立了军令状：不管遇到什么凶险，也要保住80多位伤病员的安全和健康。

进山以后，邢竹林把随行人员按内科、外科、妇科划分为10个小组，按人头分工包洞，将80多位伤病员隐蔽保护在十几个悬崖峭壁上的山洞里。这些山洞之间近则二三公里，远则五六公里，而且大多是曲里拐弯的羊肠小道或是直上直下的梯子路，路上布满荆棘尖石，异常难走。白天敌人几乎天天出来搜山，邢竹林和程间等医生只好等到夜晚到各山洞去巡回治疗。夜深沉伸手不见五指，这些白衣战士，凭着年轻和抗战激情，爬山岭、攀悬崖，不顾个人安危，绝不延误查看伤病员的时间。一天夜里，隐蔽在岭根村附近悬崖峭壁上一个石洞里的护士陪护着重伤员，身边伤员时时发出令人痛心的呻吟。时间已是后半夜了，天又黑锅底一般，邢竹林等医生恐怕是来不了了，伤员很失望，护士很着急。正在这当口，洞口忽然响起“沙沙沙”的响声，大概是在寻找洞口的位置吧。不一会，邢医生爬进洞里来，大家看到他手上脸上都是一道一道的血痕，衣裤都撕裂了，外露的棉花絮上也粘着血迹，显然是荆棘划伤和跌倒在尖石上碰的。伤员拉住邢医生的手说，我们能咬牙坚持的，你实在来不了就不要天天过来看我们了。这黑更半夜的爬崖太危险了，我们“去”一个不打紧，你要是有个闪失咱这80多号人可就没个好了！邢竹林安慰大家说他没事，说罢一边询问检查伤病员伤情病情，一边用纱布擦掉手上的血迹。他再次劝说大家，我没什么，我没什么，刚才摔了个跟斗让尖石头和荆棘扎伤点皮肉，很快就会好的，请放心，有我们在就绝不会让你们第二次负伤。

重伤员急需手术。进山五天来，护士班副班长苏景芳和看护员小张、联络员小冯三个人，一直在配合军医邢竹林在山洞里临时搭建的手术台上做手术。苏景芳有条不紊地传递着器械，小张端着油灯不时地转换着位置，小冯在洞口一边看护手术后的伤员，一边十分警惕地观察着洞口的一切，大家是那么默契，一个一个又一个，14个重伤员中已经有12个做完了手术，剩下的两个也准备要做，估计一上午就能做完。眼看就要完成任务了，大家心里稍稍松了口气。

这天清晨天刚蒙蒙亮，手术组就忙活上了，忙到11点，第一个做完了，第二个也即将开始。就在这当口，洞外放哨的看护员忽然急急忙忙跑进来喘着粗气报告：“快，快转移！搜山的敌人离这儿只有一二百米了，再不走就危险了！”怎么办？手术还做不做？大家迅速地交换了一下眼色。护士班副班长苏景芳果断地说：“手术绝不能停，这个伤员要再不做手术，一旦伤口感染发起烧来，后果不堪设想！”边说边向带队的邢竹林建议：“这个山洞我仔细看过，那边有一个出口，能通到另一个山洞，万一敌人来了，我冲出去把他们引开，你们集中精力做手术，做完了马上抬伤员撤走，我来殿后掩护！”听了苏护士的建议，大家立即行动，硬是把手术做完。

就在最后一个伤员刚做完手术，正要缝合伤口的时候，从山洞外传来敌人“咔——咔——咔”的皮鞋爬山的响声和“呜里哇啦”的叫喊声：“出来，出来，已经看见你了，还不快出来！要不老子就开枪啦！”接着，“啪——啪——”几声枪响，子弹打在山洞前方的石壁上，石渣和酥沙四处飞溅。苏景芳一边招呼小张、小冯抬着第一个做完手术的伤员快往洞里转移，一边帮助邢军医赶紧为最后一个伤员包扎伤口。一包扎完，她就毫不犹豫地把伤员背在身上往山洞深处走。她知道邢军医一连做了两个手术累得已经一点力气也没有了。从这个山洞走出去到另一个山洞，中间最少也有一二公里地，而且山洞里漆黑一片，根本看不见脚下的路，洞底高低不平，洞壁石头尖子横七竖八。苏景芳这个还不满20岁的姑娘，身材本来就纤细瘦弱，平时干点重活都吃力，这时却身背一个一百多斤重的伤员，在这深深的山洞里磕磕碰碰摸着黑走，实在是太难为她了。果然没走多远她就被脚下的石头绊了个大跟斗，膝盖被碰得撕心裂肺般的疼痛。背上的伤员实在不忍心，非下来自己往前爬不可，他说：“苏护士你就别管我了，让我留下吧。鬼子要是来抓我，我拉响手榴弹和他们一起上西天。”苏景芳说：“别瞎想了，咱快走。”伤员急了：“苏护士，在连队我是正班长，你是副班长，你必须听我的，快走！”苏景芳说：“都什么时候了还跟我论谁正谁副？我告诉你，现在你必须听我的！我必须对你的生命负责，只要我在，就一定把你转移到安全的地方。”说着猛地一用力又把他背到身上，继续摸着山洞的石壁，深一脚浅一脚地往前挪，硬是豁着自己的身家性命把那位伤员背着、扶着，转移到了安全的地方。他俩刚撤走，几个日伪军就端着枪冲到他们刚才做手术的山洞前，连喊带叫往山洞里扔了几颗手榴弹，随后冲进洞里用手电筒一照，发现地上还有散落的纱布、绷带什么的。狗日的不知这山洞有多深，就冲洞里乱打几枪，骂骂咧咧地走了。

就在邢军医和苏护士他们舍着自己生命给两位重伤员做完手术，又把他们转移到安全地带的当天晚上，白求恩医院的王协理员就急急忙忙跑过来，找到了邢竹林和苏景芳他们住的山洞，一见面就喘着粗气说："我刚从菊花石堂那边过来，那个村一个孕妇临盆难产，已经折腾两天了，因为骨盆过于狭窄，孩子就是生不下来，再不剖腹产，母婴恐怕就都危险了。领导请你们马上去处理。"王协理员歇一口气传达上级领导的指示说："领导知道你们这些日子白天黑夜地劳累已经很辛苦了，不忍心再给你们加码。可是眼睁睁看着乡亲们遭这个难，又不得不把你们请过去。"

这有什么好说的？军令如山，责任如天。苏景芳和邢竹林饭都没吃，马上准备好药品、器械，背起医药箱就随王协理员摸着黑，从陡峭的羊肠小道抄近路赶了过去。等他们俩跌跌撞撞来到孕妇家时，已是凌晨四更天了。孕妇轻微地呻吟着，已经折腾得没有一点气力。围观在街上的乡亲们见到苏景芳他们到来，刷的一下把希望的目光投到他俩身上，村里人都悄悄围过来看八路军的医生怎么救这母子俩。邢军医的手术干净利落，婴儿很快就呱呱落地了。乡亲们好一阵惊喜，好一阵感谢。可是就在手术即将完成的时候，孕妇的血压突然出现急剧下滑的危险症状。邢军医急了大喊："血，血，赶快输血！"我的天，这兵荒马乱的年月，哪有血库？上哪儿弄血？旁边的乡亲们倒也不少，可是谁见过这阵势？验血哪来得及？眼看孕妇的脉搏由急转弱，脸色煞白，呼吸越来越困难。护士班副班长苏景芳立刻卷起自己的袖子，催促道：“来，抽我的。我O型，不用化验。”邢军医十分心痛地看看自己的这位好战友好搭档，意思是这些天你太劳累了，身上又多处带伤，吃不消哇！苏景芳火了：“你还愣着干啥？快输哇，我又不是纸糊的！”

随着小苏护士的血滴滴输进，孕妇的血压逐渐恢复到正常，脸上有了血色。一轮红日跃出东山，迎来新的一天。手术全部结束，产妇和婴儿甜甜地进入梦乡。乡亲们夸赞着，纷纷要拉他们回家吃饭。给孕妇接生的老太太拉着苏护士的手，不住声地说：“菩萨，菩萨，真是救命的活菩萨！我干不好的活让你们给干了。”孕妇全家人感动得直流泪，不知怎么表达自家的感激之情。这时左邻右舍的众乡亲，都一致建议给孩子起个表示感谢有纪念意义的名字，开始人们想了半天也不知叫个什么好。此刻从军区卫生部赶来的王协理员说：“这还不好办，生了个啥？要是小子嘛，就省点事直接叫他个什么什么‘八路’，要是女孩嘛，咱再想想。”苏护士笑着说：“你王协理员重男轻女，真是个老‘封建’，难道女孩就不能叫什么什么八路了？那我是什么？”

“哎呀呀，我错了，我错了。”王协理员看看已经十分疲劳但仍然快乐着的苏景芳和邢竹林，说：“对，对，对，男女都一样，就都叫个小八路或者是什么什么军民吧，希望孩子长大了，和你苏景芳一样，成为咱八路军中一位纯洁伟大的白衣天使，救人急难在人间。”人们都说王协理员，你这是作诗呀？王协理员说：“如果说我作诗，这首赞美诗就献给咱们苏护士和邢军医吧，他们太伟大了！”

日伪军的反复“清剿”和长期围困，给隐蔽在神仙山西南部十几个山洞里的伤病员和救护他们的医务人员造成了几乎无法想象的困难。都农历11月了，伤病员和医务人员还没有过冬的棉衣，山里气候又格外寒冷，冻得大家受不了，只好从山上割些柴草烤火御寒。领队的邢竹林既是医生，又是看护员、管理员，他利用一切可能的时间巡回在十几个山洞里，解除伤病员们的痛苦，还要与管理员一起到各村去筹集粮食，替病弱的护士值夜班，做护理工作。在确保伤病员不挨饿的前提下，手术组的同志每天只靠四个掺了野菜的黑豆面饼子和一顿一碗缺盐少醋的土豆片汤填肚子，就是这么可怜的一点点救命粮，有时还得从牙齿缝里省出些给那些饭量大的战友。他们也舍不得吃白求恩医院领导特别分发给医务技术人员的一点饼干，几乎都拿出来让伤病员补充了营养。

最让手术组遭难的是药品奇缺和医疗器械的损坏，看着伤员们的伤口恶化，他们痛苦得直捣自己的脑袋，邢竹林和手术组的同志就像火燎刀剜一样难受。他们多次召开诸葛亮会商讨救急的办法。邢军医首先鼓励战友们说：同志们，咱们不能这么守株待兔傻等着，得想办法弄药，弄器械，打破敌人的封锁，渡过这一难关！这位来自华北平原任丘县，在“白校”（即晋察冀军区白求恩卫生学校）第四期毕业的高才生是个爱动脑子的人。白求恩大夫那种不怕困难的创新精神对他鼓舞很大，启发也很大。神仙山下出产煤炭和生石灰，这些东西能不能用？他趁黑夜到岭根村、炭灰铺村，虚心向这里的老中医请教，寻找治疗病伤和解毒消炎的土方验方。当他知道熟石灰、大黄等都有很强的杀菌消炎作用之后，连夜赶回山洞，架起锅把生石灰炒熟之后再加上大黄之类的中草药，土法试制出一种粉红色的消炎粉，结果先在自己身上做实验，嘿！效果还真不错。于是他们把这种自己试制出来的药命名为“消炎粉”，在十几个山洞里的伤病员身上使用，伤员伤口很快就结痂愈合。大家真佩服邢军医这种琢磨劲儿。

“消炎粉”用在浅外表伤上有效，手术的创伤刀口怎么处理？

没有专门的特效药，又要防止发炎化脓怎么办？邢军医反复琢磨，结合实际，他想出了一个奇特的办法，用一个消过毒的小瓷碗，直接扣在缝合后的伤口上，用纱布包紧，这样就造成一个洁净的小环境，虽然这样做比较麻烦，但是在当时那样的情况下，却行之有效地保证了伤员伤口不受或者少受感染。敌人封锁时间很长，伤病员不断转移，手术器械损坏严重，加上长期得不到更换，只能用钝刀子给伤员做手术，伤员很痛苦。邢军医看到当地群众用的剃头刀是用很好的纯钢做的，很锋利，而且用钝了可以再磨。经过反复试验，他和同事们使用了消过毒的剃头刀给伤员做手术，大大减少了伤员们的痛苦。世界上的事有不少都是“逼”出来的。山上有一种六道木，树枝又直又硬，剥去外皮既可当筷子，又可用来代替换药的镊子。没有灌肠器就用消过毒的橡皮管插进直肠，再用水壶灌注。他们自己动手做夹板，还请当地铁匠帮助制作了托马氏架。为了节省外科敷料，凡是用过的纱布、绷带、棉球等物料，不管上面有多少脓血脏物都要反复洗净、充分消毒之后再使用。没有肥皂，就自淋草木灰水，有的管护员双手浸泡在脓血、灰水中，手指头都泡得快要溃烂了。一道道沟沟坎坎都迈过去，同事们拍手称赞：“邢军医，你真棒，真有你的！”

日本侵略者的细菌战给边区人民留下了除不尽的祸根。农历11月底了，神仙山漫山遍野的黄草红叶在萧萧寒风中摇曳飘落，寒气逼人。被围困中的军民都陷入极其困难的境地。长期饥饿导致营养不良加上严寒引发的以细菌战为根由的伤寒、疟疾、流行性回归热等传染疫病大量爆发，岭根村农民高志合全家五口人，几天之内就全病倒了。家庭的顶梁柱年方四十岁的高志合，先被病魔夺走了生命。高大嫂和三个孩子跟高志合的病症一样都很严重。白求恩国际和平医院安排军医邢竹林和护士苏景芳组成医疗队在这一带巡诊。苏景芳看到高大嫂一家成了这个样，心里十分难过，她下了决心不管有多大困难，也要把这娘儿四个从阎王爷手里夺回来！

这一家四口躺在炕上起不来，苏景芳除了给他们打针、喂药进行护理，还把她家的推碾磨面、烧水做饭等一揽子家务也统统包了。孩子们衣服脏了，白天洗了没的换，就晚上一边烧水做饭，一边把湿衣服烤干。夜里听到高大嫂呻吟，她不管多困倦也立刻到跟前又是喂水又是安慰，鼓励她咬牙闯过眼前这一关。孩子们撒尿，她马上把尿盆递过去，最小的一个还要把着尿尿。高大嫂连烧四天不退，一直昏迷不醒，苏护士请来邢竹林军医，整整在高大嫂家守了一夜。观察准了病情，当晚给大嫂加服了一次药，到第二天清晨高大嫂总算退了烧，清醒过来。在邢军医和苏护士的精心照料下，高大嫂和三个孩子的命终于从阎王爷手里夺了回来。高大嫂看到苏护士好端端一个人劳累得大倒成色，心痛地说："我的好妹子呀，你少给我干点活吧，看把你累得成了什么样？真叫我于心不忍啊！也不知道怎么感谢你。"苏景芳笑笑说："军队和老百姓咱们是一家人，你怎么说起两家话来？"左邻右舍的乡亲们也都心口一声地说着一样的感谢话，还找人把苏护士的事写到纸上向上级汇报。经过十几天的紧急抢救，岭根村的细菌病疫终于被战胜了，除高志合病逝之外村里再无其他人员死亡，这在当时可真是个了不起的奇迹呀！

"白校"，就是中国军事史上颇有名气的晋察冀军区白求恩卫生学校，如今的长春市白求恩医科大学，她们的光辉历史不应被人们忘记。她是晋察冀边区医疗卫生教育战线的最高学府，培养出来的医生护士不知救过多少八路军将士的命，也不知救治过多少老百姓的病。校长是著名的老红军江一真同志，教务主任是著名的殷希彭将军医生，他们的大本营就在神仙山下的大台村。让我们永远铭记住这所光荣的学校和她的优秀学生们吧！

1943年秋冬季日伪军的大“扫荡”中，他们一直在神仙山一带游击办学，抢救伤病员，度过了极不寻常的一段岁月。

这是一伙学习目的非常明确的学生，学习非常刻苦。学校是军区辖属单位，生活一律实行军事化。每天清晨，起床的钟声一响，学生们就冲出宿舍出操跑步，稍后整理环境卫生，吃过早饭马上集合开始上课。每天课程都安排得满满的。一天之内4至5小时是专业课，2小时的实习时间，2小时的自修时间，2小时的课外活动或者生产劳动。晚上，大家围坐在自制的小煤油灯下认真复习学过的功课。有时小煤油灯里的油点完了，大家就摸着黑在一起进行讨论。为了学得好，记得牢，同学们创新出了许多好的学习方法。比如，每个班都有一块小黑板，上面写出当天的学习要点和难记的名词概念。各班都有问答栏，在上面写出问题指定某某同学作答，做到大家共同理解共同记忆。各班还成立了互助小组，功课好的同学担任小先生，给大家进行辅导。为了加快记忆，同学们把难记的药名编成歌谣或者顺口溜，互相检查背诵，效果很好。各班之间还相互派出代表参加别的班的讨论会，互相交流，互相促进，大家把这叫作“到外国留洋”。

1943年日军秋冬季大“扫荡”一开始，雄伟的神仙山就再也放不下一张安静的书桌了！敌人老是来神仙山“清剿”“扫荡”，“白校”只好一次次离开自己的大本营——大台村，到唐县的葛公、牛眼沟等村，之后又折回驻地大台村，完全是游击办校。在这种几乎无法上课的情况下，为了完成学校制定的教学计划，“白校”不得不采取极为特殊的教学方式。每到一个地方，立即派人去和这个地方的抗日组织进行联系，请他们给予支持和帮助，任务主要是给“白校”打探消息，侦察敌情，站岗放哨监视敌人，确保师生安全。到了目的地，师生们找一个隐蔽的地方——树林或山洼，师生们背包一放当板凳，膝盖一支当桌子，书本一摊在膝盖上，就开始上课。有多少次师生们听到枪声响了，老师正讲到节骨眼上还想往下讲，学生还想往下听，可放哨的直催，敌人眼看就到眼前来了，师生们才不得不背起背包赶快转移。大家把这种有人站岗放哨才能上的课叫作“武装上课”。这在中国和世界教育史上恐怕是仅有的教学。

为了和敌人抢时间，“白校”又使出个奇招：“游击上课”。日伪军“扫荡”过来了，师生们就游击转移。出发前，教员根据事先布置的学习内容，比如解剖名词、鉴别诊断、神经传导以及药物的名称、作用、用法、剂量等内容，整理成一个或几个问题写在硬一点的纸上，行军时挂在前一个人的背包上，边行军边学习还边讨论。同时用点将的方式指定某某同学回答某某问题，引导大家一起复习巩固学过的知识。这种在行军中以问题为中心的学习，大家还挺欢迎。行军中同学们还把相关的内容进一步编写成小快板、顺口溜、打油诗等能说能唱的小文艺节目。不仅学习了业务知识，还消除了行军中的寂寞，活跃了生活气氛，鼓舞了士气。在 1943 年秋冬进行的“反扫荡”战斗中，“白校”经历了 50 多天的游击办学，坚持教学 26 天，军医第四期、调集第四期和护士第三期按时完成教学计划，胜利毕业奔赴抗日前线。在极其残酷的 1943 年秋冬日伪军大“扫荡”中，取得这样的成果，不能不说这是一个了不起的成绩。

然而，不幸的是，喻忠良政委带领的“白校”二分队，奉命照顾着 200 多名伤病员，在转战到完县（今顺平县）白银坨下一个叫“道士观”的村庄时，被日伪军包围。这些英勇的白衣战士同敌人展开搏斗，结果除五六十人突出重围幸免于难之外，从延安过来的“白校”政委喻忠良、校党总支书记左克（女）和大部分学员都牺牲在这里，酿成了著名的“白银坨惨案”。

抗战时期，我们军区的兵工厂大都设在神仙山南部和东南部山谷的十几个山村里。子弹厂设在吴家沟、平房两个村。发射药和炸药厂设在齐家庄户村，这是整个军区唯一生产发射药和炸药的厂子，枪炮修配厂设在连家沟村。兵工指挥部机关设在井尔沟村。中华人民共和国成立后曾任河北省国防工办主任的王江涛同志是子弹厂的指导员。

有人说古北岳恒山——神仙山有风水，有神仙保护，兵工厂设在这里最安全。边区工矿管理局的主要领导人张珍说，神仙山有神仙保护，是一种良好的愿望。最可靠的是神仙山下那十几个村庄的父老乡亲。

此话确实不假！这方水土上的百姓实在太好了，他们倾尽全力保护我们的兵工厂，对我们的兵工厂生产支持实在太大了！你就说这住房吧，阜平不富，这里就更穷。人们住的房屋差不多是些破破烂烂的石头房、土坯房或是破草房，低矮简陋，而且几乎是一家几口挤占在一两间房里，房屋平时就少得可怜。兵工厂建在这儿，乡亲们自觉自愿地把自家的房子腾出来让兵工人员住，有的村干脆男女“合并同类项”，男人们住一起，女人们住一起。寒冬腊月天，兵工人员或者子弟兵打游击路过，谁住炕上、谁住炕下，大家都要互相谦让，热乎乎的炕头更是照顾老弱病伤者的地方。住房本来就紧张，日本侵略军又实行“三光”政策，每次沿着平阳河谷来神仙山“扫荡”，都要把这里的村庄一把火烧光。百姓们从不怪怨这是兵工厂招来了祸害，而是互相鼓励，“敌人烧了我们的房屋，决烧不了我们抗日的信心”。乡亲们十分抱团，谁家房子烧了大家一起动手在最短的时间内就把房修盖起来。鬼子的罪行更激起乡亲们的愤恨，抗日积极性就更加高涨。

房少地不多。边区文艺兵、著名作家孙犁先生在他的小说中是这样描写神仙山里土地的稀少的：这山里的地挂在山坡上，炕来大的一块，锅来大的一块，草帽地下也能盖一块。村中能够引来山泉水或大汪里的水种小麦的地被乡亲们叫作“小水地”，那地是少而又少。逢年过节吃的白面馍馍、饺子、烙饼都是这地里长的，“小水地”那可是山里人的“眼珠子地”“心肝子地”，平时间谁占去一分一厘一毫也得来场官司，甚至殴斗个头破血出。然而，当兵工厂要占齐家庄户的好地时，这个只有十几户人家、只有几亩“小水地”的深山村，立刻毫不犹豫地把“小水地”和其他地让出来，叫兵工厂盖了厂房。兵工厂是生产炸药、发射药的厂子，对小河沟里流淌的溪水，对村里的空气污染得相当厉害。但这里的父老乡亲却忍受着，从没任何人向兵工厂提出过这条件那要求。抗战初期，我们晋察冀军区的武器弹药供应十分紧张，人们讲笑话说，区长腰里别的盒子枪是一把笤帚疙瘩做的，子弹袋里装的是高粱秆剁成的短棒棒，是用来冒充武器吓唬敌人的。自打我们有了自己的兵工厂之后，这种情况大为改观，军民打豺狼算是有了“家伙”！

根据地里的青壮年大量参军入伍，兵工厂劳力紧张起来。当时厂里既没油，又没电，基本上是手工劳作，劳动强度很大，待遇却几乎没有，工人们生活很苦。除去每人每天发一斤小米，进厂只发一套工作服之外，再没其他劳保之类和其他任何报酬待遇，但是大家劳动热情依然十分高涨。制作武器炸药凶险还很大，不幸的事时有发生，有的负了工伤，有的成为残疾，有的牺牲了身家性命，当时只是发一张烈士证、荣誉证书之类，再没有任何经济方面的补偿。不过，没人抱怨这事不合理，更没人提什么额外要求。

最可钦佩的是井尔沟那四位了不起的小姑娘。她们恨透了日本兵的烧杀掠抢和奸淫，看到工厂缺人手，她们就下决心要进工厂干活。厂领导逐个问她们的年岁。段玉林报了13岁，段祥吉报了14岁，孟彦竹报了15岁，段廷兰最大才16岁。厂领导连连摇头说："孩子们啊，你们太小了，等长大了再说吧。"四个姑娘说："等我们长大，你们就早把日本鬼子赶走了，就没我们的事了。不行，我们得进厂干！"整整软磨硬泡了一个下午，厂领导只好答应让她们试试看。这活果然不是她们这些小丫头子干的。一个大搅丝杠，一个大轮盘，她们根本就扳不动。在老师傅的帮助下，她们使出吃奶的劲把轮盘扳动了还得跟着轮盘跑上几步，结果手上、脚上很快就磨出了血泡，但是她们互相鼓励谁都不肯喊痛，谁都不肯对外人和家人说，谁都不肯打"退堂鼓"。功夫不负有心人，四位小姑娘终于练出了气力，终于掌握了技术，随着年龄增长她们都成了兵工厂的业务骨干、技术能手，为我们的兵工事业做出了不可缺少的贡献。当年岁数最小的段玉林，后来调到中南兵工厂，在研制榴弹过程中遭遇事故，不幸和丈夫一起壮烈牺牲，献出了她年仅二十来岁的生命，共和国的旗帜上融进了这位神仙山女儿血染的风采！

兵工厂"反扫荡"有了经验，一听到敌人要来的消息立刻把工厂的机器设备坚避好，人员和当地的民兵游击队建立联防组织，实行有秩序的转移。兵工厂的领导还颇有远见地先把科技人员、管理人员先行转移到比较安全的地方，由工人武工队专门加以保护。兵工人员一进神仙山就受到群众的真心保护，他们在转移和隐蔽期间仍在进行枪械和弹药方面的科研。

《歌唱二小放牛郎》曾是唱遍晋察冀边区的歌，不知感动过多少人。王二小式的英雄不知出现过多少，这里我们有必要为您介绍一位为保护兵工厂而牺牲的王二小。

却说这天清晨，太阳还没出山，儿童团员、村里的放牛娃张风刚正在山上站岗，突然发现一大群日伪军悄悄地偷袭过来。我娘哎！撤退到山那边的兵工人员和边区后方工作人员，正隐蔽在那边一条沟谷中，一旦被敌人"捂住"，那损失可就太大了！这个才 15 岁的少年急了身冷汗，凭着对这里地形熟悉，他转身就翻山越岭跑过去给我方人员报信。我方人员立即向安全地带撤去。这时，一个狗汉奸却抢先跑来，一把抓住了张风刚。为了把敌人引开，他猛地挣开汉奸的手，一边奔跑一边喊“敌人来了，敌人来了”，还转身扔出一颗手榴弹，手榴弹的响声提醒这里的人们赶快躲避转移。不料一大群敌人紧紧追了过来，张风刚被迂回到他身后的日伪军抓住，五花大绑押到一个地方。接着日伪军使出极为毒辣的一招。他们看到风刚还是个小孩子，就用恐吓的手段吓唬他，让他说出兵工厂的机器埋在什么地方，兵工厂里的技术人员跑哪去了？张风刚说，这是八路军他们的秘密我哪能知道？敌人就把抓来的小祥子兄弟俩推过来，一刀砍下小祥子的脑袋，血刷的一下，喷出来溅了风刚一脸。敌人问，你说不说，不说把你的脑袋也砍了！张风刚摇头不说。鬼子兵又把小祥子的弟弟推到风刚跟前，一刀又把他的脑袋砍下来，骨碌到地上。张风刚成天和他们哥俩在一起玩耍，一起放牛，一起给子弟兵送信，看着他们的脑袋血里呼啦的掉在地下，他心里害怕极了。但是一想兵工厂叔叔们的去向怎能告诉敌人？他装着吓得闭着眼，说不出话来。敌人又把他的嫂嫂推到他跟前，一个伪军头目劝告说，你们说了吧，说了保证你们小命不死，不说那可就像刚才他兄弟俩那样要掉脑袋了。他和嫂嫂都拒不说兵工厂半个字，最后被敌人押到设在河西村的杀人场，审问时又是一顿暴打。他们二人紧守秘密，誓死不说，最后被敌人砍下了头。可敬可爱的他们拿自己的命保住了兵工人员的命。后来敌人被赶跑，哥哥和金家口的几位乡亲才找到他俩的尸体和头颅，人们用麻绳把他俩的脑袋和躯体缝合到一起，才落了个全尸埋葬。张风刚这位放牛娃为掩护兵工厂献出了他才 15 岁的生命，也是一个“王二小放牛郎”式的英雄。

最悲壮的是吴家庄行政村那个叫交支沟的小村庄。这个只有

13户人家的小山村，一下子接受了13名伤病员，恰好是一家照料一个。这些伤员是晋察冀军区主力——老二团在保卫神仙山的战斗中负伤的，乡亲们就像对自己的亲人一样精心地掩护和照料他们。然而血光之灾来了，这天一股日伪军包围了交支沟，村里的男人们闻讯舍着身家性命把13个伤员分别背到安全地带隐蔽起来，却顾不上保护自己的家人。而村里的女人、孩子和老人这一弱势群体，只是躲藏到了一个叫狼窝的山洞里。狡猾的日伪军找到了这个山洞，他们把村民们从山洞里赶出来，开始连杀人带刑讯逼问兵工厂的设备藏在哪？八路军的伤员到哪去了？第一个被拉出来的是魁子他娘，这位普普通通的农家女人拒不透露我方的机密，被鬼子用刺刀捅死。第二个是农家主妇赵孝荣，不惧家破人亡，同样不暴露半点情况而被杀。第三位是贵录的母亲，她一手拉着贵录，一手拉着她的小女儿，肚里还有一个即将问世的小生命。敌人把明晃晃的刺刀伸到她面前，恐吓道："你若说出来饶你不死，不说你的四条命统统的不留！"贵录的母亲说："我一个妇道人家，就知道下地干活在家做饭，哪知道你们要问的事？"鬼子们大怒手起刀落杀害了这母子四人。贵录被挑破肚子压在尸首底下保住了生命算是不幸中的万幸。敌人败退后13位伤员回到交支沟，听说好几位乡亲为他们献出生命，真是痛不欲生。临行前13位伤员长跪在这13户人家面前，一谢再谢，并对天发誓：以牙还牙，以血还血，誓死为交支沟的父老乡亲报此深仇。

事后，兵工厂的同志们无限深情地说，神仙山上有神仙，神仙就是老百姓。没有乡亲们的掩护支持，我们休想在这里安身立命，更甭说坚持兵工科研和搞军火的生产。就是在这样残酷的环境里，这样困难的条件下，兵工厂上上下下一条心，硬是取得三项骄人的丰硕成果：第一，他们收集破铜烂铁，进行蒸锌实验，继续过去的科研项目，成功制造了全新的子弹，到1944年两个子弹厂共自制全新子弹 80 万发，加上复装子弹年产达到 100 万发以上。第二，研制出了高级炸药——硝铵炸药。其能量仅仅比 TNT 差些，这不但解决了手榴弹、地雷所用的高级炸药，同时还解决了炮弹的发射药和高级炸药的问题，效果提高了一个大档次。第三，兵工科技人员高霭亭等一班大学毕业的技师在敌人封锁万千重，物资极为困难的情况下，冒着生命危险进行反复试验，终于试制出纸质雷管，大大增强了我八路军的战斗力。

神仙山呀，你有神仙，神仙就是边区的老百姓！

五

说萧克代司令住在神仙山，这不是假话虚言。

在日军于10月上旬退出神仙山不久，萧克又秘密返回神仙山，一边养病，一边继续指挥这里的战斗。他先是在黄草窟窿村住了些时日，后又转到南庵沟口附近一个叫道桥北的地方安营扎寨。南庵沟口是个小村子，住着不到10户人家，往北2.5公里是南庵村，再往北翻过山梁就是涞源县的小关城、黄柏寺和马庄一带。往东2.5公里是三眼井村，可直达神仙山主峰奶奶尖。往南1.5公里就是三岔口，打那儿向西转过阎王鼻子、木把钩就去了菊花石堂和陈士庵。这里是一个交通要道，进退方便。道桥北是一个很少有人知道的地方，从南

南庵沟口道桥北的峡谷

庵沟口往北行不到一华里往右拐，过了河滩便是一个坡度较大的峡谷。这个峡谷坡高林密，两边的山又高又陡。两山间的距离最宽处不过百米，峡谷入口很窄，长满了荆棘树丛。钻进树丛顺着山坡往上爬五六百米靠左侧出现一个天然的大石堂。这个大石堂顶部是一个斜面，外高里低，底部可平整出三四十平方米的场地，不但能遮风避雨还十分隐蔽。熊光焰政委带一个连负责安全警卫。他们在一侧盖了个石屋，十平方米左右，石头砌墙，树干柴草打成屋顶，门上吊个草帘子，萧克夫妇就住在这简陋的石屋里。随行人员在另一侧用树枝柴草做了个围栏，用石块砌成平台当床用。在旁边用石头垒了个灶台做饭。挑选平整一些的石块搭了一个石桌当作指挥台，这便是萧克简易的指挥室。一连还安排部分同志穿便衣住在村旁，负责外围的警卫工作，在通向道桥北的树丛里安排了暗哨。条件很艰苦，萧克在这里边休养边工作，和程子华保持着紧密联系，商量工作指导作战。后来王平的夫人等，也曾在这里暂住过。2009 年秋天，石家庄一个记者找到曾红明，要求到道桥北参观。曾红明家人带他找到了这个地方，发现当年石屋的墙基、石床、石桌、灶台还在。记者前后左右拍了照，还搜集到几块木炭、一双筷子，几根插在石缝里挂衣服、挂地图的木棍作纪念。

在日军第一次进犯神仙山败退后军区和三分区机关以及不少后方单位又相继返回神仙山及其周边地区，分别在史家寨、板峪店、台峪、炭灰铺等地活动。炭灰铺村是三分区机关的一个落脚点，分区主要领导有时进出探望和请示萧克。一次王平前来看望，一见面就半开玩笑地说：“萧代司令，你要效仿诸葛亮，在神仙山演一出‘谈笑间，樯橹灰飞烟灭’的大戏呀！”

“我哪有那么大本事呀！”萧克说，“不过我住在这里，可以给咱们军民壮壮胆，能起到稳定军心民心的作用嘛。这神仙山是我们晋察冀根据地的核心，地位作用实在是太重要了。我守在这里，在你们三分区的地盘上，离北边杨成武的一分区也不远，指挥起来比较便利，我心里踏实。我们在这里还可以牵制更多的敌人，减少军区、分局党委和外线部队的压力，这是赚钱的买卖，挺划算的。”

王平一听就急了，严肃地说：“首长的安全也很重要啊！聂司令临走之前，亲自给我交代，说您身体有病，要我千万保证您的安全和健康。首长您要有个什么三长两短，我怎么向聂司令交代呀！”

萧克看王平那么恳切，心里很是感动，亲切地说：“我的病忽轻忽重，现在也大有好转，你们不必过分担心。至于安全吗，我心里有数，聂司令把我交给你这个为人厚道、处事稳重的王平我很放心。再说，神仙山地区是我们边区、军区领导常住的地方，彭真同志领导的边区党委机关大本营就在台峪那边，这里的党组织比较坚强，群众发动得好，老百姓淳朴善良，拥护八路军，恨透了日本鬼子，靠得住。阜平县是晋察冀边区的核心，你们三分区任务很重，你是三分区的主心骨，少为我分心，集中主要精力去抓工作吧，你们的工作做得越好，仗打得越好，我这里就越安全。”

王平郑重答道：“好！我们坚决按首长指示办，请首长多保重。”随后他叮嘱工作人员要尽量搞好伙食，百倍提高警惕，安全工作要做到万无一失，并要求遇到紧急情况立即向分区报告。回到驻地后他指示机关在当地为萧克挑选一名秘密交通员，要求腿脚快，熟悉道路地形，一定是共产党员，忠诚可靠。炭灰铺村党支部经过比较，认为大铁工村的曾红明符合条件，9 月份还背着萧克跨过两道天险，已经受过考验。曾红明仍然在给四十二团当向导，他接到这项任务后既高兴又感到压力很大，工作更加努力尽心。按照规定和萧克指定的随员单线联系，定期送粮、送盐，有时也陪部队的同志送信、送情报。为了安全保密大都是凌晨或夜间执行任务。一次还闹过误会，他背着粮和盐刚拐弯进入南庵沟口，从斜刺里跳出一个年轻人拦住他的去路。“干什么的！”“我给首长送粮。”“我们这里没有什么首长，你快走开吧！”“我真的是来送粮的，还有盐。”“叫你走你就走，不听劝我可不客气了！”两人在僵持不下时，从上边走下来一位年龄大点的战士，一见面亲切地叫了声：“小要饭的来啦！”然后低声告诉旁边的同志是自己人。他转过身来对曾红明说：“这是位新同志，请您不要计较。”新同志接过盐袋子，曾红明背着粮袋子一同顺着山谷，在树丛中往上爬。到了首长驻地附近，老战士接过粮袋子让曾红明停下，就地等待。不一会儿老战士手中拿着一个煮熟的土豆，还有一个糠窝窝头塞到曾红明手里说：“不便留你吃饭，回去路上吃吧！这是首长吃的‘黄金塔’，让送给你一个。”讨过荒要过饭的曾红明激动地说：“谢谢司令，谢谢司令！”老战士嘱咐说：“回去跟任何人都不能提起司令两个字，要绝对保密，千万不能走漏风声。”曾红明赶紧说：“我明白，我记住了，保证做到。”

10 月 26 日，日军再犯古北岳，神仙山保卫战第二阶段作战打响。很显然日军这次围攻是经过周密策划和准备的。一是行动诡秘，突然袭击。第一次围攻失败后，日军主力退到大沙河及唐河两岸的产粮区，主力休整，只派小股力量出去抢粮，破坏秋收，敌人悄无声息地做进攻的准备，没有暴露重大行动的迹象，时间相隔 20 多天，秘密纠集了 4000 多日伪军，用闪击战的方式突然向神仙山地区扑来。二是目标明确，行动方向直指神仙山主峰及其周边地区。敌人认为我晋察冀根据地的领导机关、晋察冀军区机关和主要领导人，以及粮食、弹药、物资等都藏在这个大山里。9 月份“扫荡”只进占炭灰铺，没捞到任何便宜，这一次是一定要全部攻占神仙山，不达目的不罢休。敌人从四面八方奔袭而来，兵分九路向神仙山腹地推进，企图先合围再进山清剿。三是手段极端残酷毒辣，他们采取“铁壁合围”“梳篦战术”，推进时以大队为单位摆成三角形阵势。大队与大队之间相距十几里，互相呼应。我们打他一路，其他相邻几路马上就来合围。他们狂妄叫嚣，要“血洗神仙山，活捉萧克，叫八路插翅难飞”，气焰非常嚣张。刚刚转回山里的边区、分区机关和后方保障单位及学校等，有的正在修复整理被毁坏的房屋设施，抓紧恢复正常工作，有的还未站稳脚跟，又被日军围住了。敌人行动很快，出动第一天就占领了神仙山周边阜平、曲阳、唐县、完县、涞源、繁峙、五台等县通向神仙山的要道，初步形成了对神仙山的合围之势。

晋察冀军区司令部电话不断，各侦察分队、各分区陆续报告辖区内的敌情。经过紧急综合分析，判断敌人的企图是要围攻神仙山一带。程子华、唐延杰等军区首长责成司令部通过三分区向萧克代司令员报告并迅即下达了作战命令：各分区要以积极的作战行动骚扰迟滞敌人的进攻，为军区、分局机关突围转移赢得时间；三分区部队迅速掩护党政机关和有关单位突围；各地党组织和民兵尽快组织群众坚壁清野并转移到安全地带。强调要尽最大努力保存有生力量，保卫来之不易的晋察冀边区，并明确无线电台停止工作，保持无线电静默，防止被日军侦测暴露行动目标。在敌未完成合围前，军区机关在骑兵团护送下转移到繁峙县神堂堡附近、河北与山西交界的深山里。

神仙山地区一直由三分区管辖。三分区还带着地委机关部分人员、晋察冀军区的文工团、联大文工团、三分区冲锋剧社、白求恩卫生学校等单位，敌人突如其来的围剿使三分区承受着巨大的压力。三分区和地委领导分别展开了紧张的工作。地委副书记权星恒负责各地党组织联系，专员张冲（张林池）负责筹措粮食，武装部长荀昌武负责组织调动民兵。三分区命令二团和骑兵团在外线作战，分别在曲阳、阜平、唐县、完县（今顺平县）以及繁峙县、涞源县等地活动，寻机歼敌，牵制敌人。命令四十二团仍坚持内线作战，各连听令行动，随时负责掩护机关和后方单位突围。即刻派出班排规模的小分队迅速占领神仙山周边的要点和制高点，负责观敌动向随时准备阻敌进攻，诱惑敌人，牵制敌人的主力。命令四十二团派出多路侦察员，在最短的时间里摸清敌人各路敌兵的兵力、行军速度以及行动路线，为上级选择突围方向和路线提供准确情报，并明确团指挥所适时转移到神仙山主峰奶奶尖。

军情紧急，刻不容缓。四十二团命令侦察连一个排迅速前去跑马梁，负责扼守胭脂洞通向奶奶尖的咽喉要道，并负责监视从台峪向主峰运动之敌。二连一个排坚守奶奶尖主峰。三连一个班据守涞源县马庄一带，确保神仙山西部侧翼的安全。四连一个排据险坚守土洞子梁和小铁工村前的无名高地，阻挡敌人毁伤岭根、陈士庵等村的医疗基地和伤病员。向东西南北各方向派出了侦察小组，在当地民兵的配合下，展开了全方位的侦察。第二天摸清了九路敌人进攻的路线：南路的敌人从阜平县城出发沿板峪河北进，向大台、金龙洞攻击，这是敌人主力；东南方向是顺平阳河谷向台峪、上寺方向运动，企图从上寺、石城院进入神仙山；西南方向是从阜平县城出发，沿鹞子河谷经史家寨向董家村、田家村、杨家台子进攻，直逼金龙洞西侧及土洞子、岭根等地；东路是从唐县的石门、草庄台向神仙山奔袭；北路是从涞源县的马庄、小关城等地集结向神仙山北麓进攻；西路是从涞源县的狼牙口、古道之间寻找羊肠小道翻山越岭向陈士庵进逼。敌人的合围圈越来越小，形势陡然紧张起来。三分区负责萧克的安全警卫工作，经常向他通报敌情。闻听敌人卷土重来，包围圈越来越小，王平政委首先考虑护送萧克转移。他亲自打电话向萧克报告，并命令熊光焰政委率一连亲自护送。萧克一行也已有所准备，接到报告立即行动，先向北到南庵村，再向西翻山越岭，在老爷石堂至古道一带与骑兵团接应人员会合，安全转移到了晋察冀军区机关新的驻地。1944 年 4 月萧克同志也奉命去延安学习、养病并参加党的“七大”，后来再也没有回到过古北岳神仙山，再也没有机会和那位老乡贤下棋了。他领兵驰骋在解放和保卫祖国的大地上，却始终没有忘记这里的父老乡亲。在他的晚年曾接待过阜平县党史办赵宪同志的采访，他深情地说：“是炭灰铺的老乡救了我的性命。”同样，古北岳神仙山也没有忘记他，这里的乡亲们也没有忘记他。萧克在极端险恶的岁月里和乡亲们患难与共，坚守神仙山的故事，以及炭灰铺的乡亲们背着萧克过天险的故事，已经成为世代流传的军民一家亲的佳话。

10 月 27 日，四十二团领导分派出各路兵马后在指挥所静等侦察人员的消息。成少甫团长感到这次任务非比寻常，侦察情报是否及时准确成为突围行动能否成功的关键。突破口选准了，大队人马便能从敌人的夹缝里突出去，找不到突破口或者突破口没有选对，那后果不堪设想，真是生死攸关呀！他越想越觉得责任重大，在指挥所里来回踱步，一支一支地抽着烟，一会儿望望窗外，一会儿看看手表，十分焦急地等待侦察员的报告。三分区司令部不时来电话询问，各单位也不断地催问，他都耐心地一一回答。多年打仗的经验告诉他，越是在紧要关头，作为一线指挥员越是要沉着冷静，要相信自己的判断，相信自己的部队。指挥员临阵慌乱会自乱阵脚，会酿成大错，他沉着冷静地等待各路消息。

10 月 27 日晚，三分区的首长和指挥部也在焦急地等待四十二团的侦察情报。指挥部设在炭灰铺村的金龙寺，这是一座千年古刹，规模相当大，保存得也比较完好。丈把高的乌龟驮石碑有十几尊，清清楚楚地记载着寺庙的修建和无数次重修的经历，向人们诉说着它久远的历史。人们都说这庙里的菩萨大得惊人，一个耳朵大得四人围坐在一起可以打扑克。一个中等身材的人站在耳朵下沿，踮着脚还够不着耳朵的上沿。菩萨也恨透了日本侵略者的烧杀抢掠，当兵工厂缺铜少铁，无法打造武器的时候，他老人家咬咬牙让人们把他砸烂，跳进炼铁炉，化作一颗颗复仇的枪炮子弹，射向东洋来的恶魔，保护这方水土上的良善百姓。寺庙外不远处一株老古槐年龄也相当大了，白胡子老人们都说不清它的年龄究竟有几何。平日里十里八乡的乡亲们来烧香磕头请求护佑，保佑平安，消灾降福，图人丁兴旺，把一块块红绸红布缠在它身上，以示尊敬。这庙平时就人来人往，香火不断。今天来的人更是不少，你看庙门口大概有几十号人吧。然而，这些人今天可不是来烧香拜佛的，而是响应村干部的号召，前来领受一项极为神圣的战勤任务——给三分区的同志们带路，当脚夫，配合部队冲出敌人铁桶一般的包围。

宽阔的大雄宝殿上，指挥员们运筹帷幄，研究部署破敌和突围转移工作。宝殿当央燃着一盏当地的麻油灯，浓浓的黑烟腾空而起，又弥散在宝殿空中。昏黄的灯光被殿外吹进来的冷风刮得哆里哆嗦。三分区的政委王平、司令员、副司令员詹才芳、参谋长萧新槐、政治部主任潘锋以及供给部长等领导和各单位的负责人正在研究部署突围的各项事宜。选择突破口是关键的关键，责令四十二团尽快完成。突围行动分成两路，司令员带领司令部为一路。政委王平带地委专署和政治部等单位为一路。每路都指派四十二团的兵力负责掩护，由炭灰铺村派出得力民兵当向导和脚夫。政治部负责组织动员群众，坚壁清野，指导各村民兵保护群众安全，尽快转移到深山峡谷或密林中。各部门各单位抓紧清点物资，做到轻装简从。必须携带的交给村里派出的脚夫队背送，特别强调四十二团及炭灰铺村党支部要千方百计保证岭根、秋树滩、教庆、陈士庵等战地医疗小组和伤病员的安全。还有一件令机关干部既担心又为难的事，就是首长家属及孩子的安全。王平政委的夫人范景新[①]身边带着两岁的二女儿。敌情的严重程度始料不及，突围出去的困难超出想象。王平深感自己的责任重大，这位1930年参加红军，经历过五次“反围剿”和二万五千里长征，1932年就担任团政委，1937年晋察冀军区成立时就担任三分区政委的红军老战士感到肩上的担子沉甸甸的。他清醒地意识到部分人会有些紧张和畏难情绪，这个时候特别需要强有力的思想政治工作，帮助大家统一思想，树立自信。他对在场的领导和机关同志讲道:“同志们，考验我们的时刻到了。我们三分区、地委机关和几个单位被日寇团团围在这神仙山里，突围出去必定困难重重，但我们要树立必胜的信念，相信我们的党，相信我们的力量。我们的力量来源于人民群众，来自八路军战士对党的绝对忠诚。依靠群众撼山易，脱离群众搬砖难，已经觉醒并组织起来的人民群众就是我们的靠山。神仙山里有18个自然村都属炭灰铺村的红色政权管辖，这里的党组织和村干部工作比较得力。这里的群众厚道善良，拥护革命，还有一批煤矿工人，革命积极性更高，斗争更坚强。日本鬼子几次‘扫荡’，害苦了老百姓。他们相信共产党，盼望八路军能够带领他们赶走侵略者，过上好日子。刚才分析了敌情我情，明确了各部门各单位的任务，回去立即分头做准备。一旦确定突围方向和路线，立即行动，排除万难，成功突围。至于我们领导的家属孩子大家也不必担心，就交给当地党组织掩护，以后再伺机撤出，我相信这里的群众一定能保证他们的安全。”

各单位受领任务后争分夺秒去做准备，几位领导在大殿里继

---

① 原姓樊，参加革命后为方便起见改姓范。

续等候四十二团的敌情报告。他们从旧报纸或者旧书本上撕下一张张小纸条，卷成喇叭筒状的自制烟卷，吸着大山里自产的廉价大叶烟，殿里一片烟雾缭绕，散发出一种既清香又刺鼻的气味。有的首长等得心焦不耐烦了，一个劲地说："成少甫他们怎么还没消息呢？"

王平政委平静地对大家说："莫急，莫急，再等一下。他们受领任务时间不长，现在是黑夜，侦察难度又很大，把敌情摸准不容易嘛。我们都了解成少甫是位老同志了，当过教导队的队长，会带兵，担任团级主官以来独立完成任务的能力很强。每年从外县往回运粮的任务完成得都很好，上个月对付鬼子第一次进山扫荡，指挥四十二团打得很出色，我们应该相信四十二团。各位一边等消息一边再想一想突围行动的具体细节吧！"

夜里 11 点，成少甫终于来电话报告说："大台附近桃园与杨台子两个村之间有两三里的一段山路，没有日伪军。当地民兵正在监视敌人的行动，不远的地方有骑兵团的人员在那里活动。另外一个地方是神仙山东侧唐县石门乡一带，也有一个不大的缺口，我团的侦察员已经和在那里活动的二团的同志取得联系。究竟从哪个方向突围请首长们决断。"

接到报告，领导们立即分析比较：向东奔石门必须翻越兔石塔、跑马梁等多座山梁，向东南必经主峰至上寺、台峪方向的大峡谷，山高谷深，路途相对较远，在天亮前突围出去难度很大。向南再向西倒是比较容易，出了"九里十八弯"就是大台村，不过七八公里路，道路较平坦，突围速度会较快，但是敌情严重，两路敌人从县城出发向北扑来，即使从大台附近跳出了包围圈，还会连续遭遇其他日伪军的合击，彻底摆脱敌人是难上加难，还有可能被敌人分割包围，后果不堪设想。听了大家的发言，政委决断：刚才成少甫提供的向东突围的路线我了解，过去我经常带着警卫员、马夫过神仙山，每条蜿蜒小路、山梯捷径都爬过，向东回旋余地大，我们就决定向东突围，即使天亮前冲不出去，我们还可以利用神仙山的高山峡谷与敌周旋。

集结在炭灰铺村附近的四十二团部分官兵，北岳区委、地委的工作人员以及当地派出的向导、脚夫、民兵等数百人已按两路集结完毕，整装待发。大家苦苦等到深夜还没有得到出发的号令。周围黑洞洞的，只有远处的山峦岗坡有一些模模糊糊的轮廓依稀可见。已是秋末，马上要入冬了，山里的夜晚格外寒冷，大多数人员还穿着单薄的衣服，冻得一个个发抖，大家背靠背挤在一起取暖。村边已停工多日的小煤窑倒成了人们暂避风寒的好去处。

一声令下，突围的队伍立即向着神仙山的兔石塔、跑马梁进发。考虑到突围路线都是山路，道路狭窄，崎岖不平，漆黑的夜间行路不便，王平政委指示，部队每个班从煤矿弄碗灯油提着，每个人打个火把路上照明。开始走乡间小路，相对平缓，行军速度较快。之后山越走越高，坡越来越陡，路越来越窄，队伍一会儿爬上一个山梁，一会儿又钻到谷底，忽上忽下，忽左忽右，一条火龙在神仙山里游动。走着走着脚下连小路也没有了，要不是向导带路根本不知道往哪里走。不时从前队传来吆喝声："跟上！快跟上！不要掉队，注意安全！"途中有几个大陡坡，就像直上直下的梯子。人们四肢并用，抓住山上的树枝子、茅草盘子往上爬。如果有一个人不小心跌倒，就会砸倒后面的一大串。因此后面的人就用肩膀死死地顶住上面一个人的臀部，防止一连串的抛坡。队伍中最苦最累的是脚夫，上山背着沉重的物资，遇上陡峭的崖坡，就得趴下，膝盖着地，一步一步朝前挪，不长时间膝盖就磨得破了皮，疼痛难挨。但是这些脚夫都是从当地精挑细选出来的民兵游击队员，他们胆子大，力气足，对这里的地形非常熟悉，而且根本不把苦呀累呀的当回事，这才把三分区的重要物品送了过去。

没有喘气的时间，一路登高攀爬，大家累得腰酸腿痛，一个个像拉风箱似的大喘粗气。山顶上更是寒冷，可是谁都浑身大汗湿透了衣服。好不容易登上一个山峰，峰顶有一块巨大的石头，宛如一只兔子卧在山顶，随时准备跑掉。向导说这就是神仙山上有名的“兔石塔”，再往东南走就是上寺，到了上寺再往前走便是神仙山南麓第一大村——台峪。从台峪就可以直插唐县的石门，进入神仙山东麓的腹地。消息一一传下去，大家顿时精神抖擞，浑身是劲。许多同志知道台峪村是晋察冀边区党委机关的常驻地，彭真同志经常在这里搞调查研究。在 1942 年残酷至极的“五一大扫荡”中，冀中军区的部队和机关也曾来这里隐蔽，这里一直是比较安全的地方，大家闻此言松了口气。然而，队伍越过“兔石塔”向东南急进，突然在茫茫夜色中出现几片火光，人们的心又咯噔一下提到嗓子眼上，刚才那股轻松劲儿被一扫而光。原来狗日的日伪军抢先占领了上寺、石城院等村庄，堵住了去路。敌人在村里生起一堆堆篝火，火焰映红了一片天空。人们的心一下子凉了：这可咋办？

不能从台峪跳出去，只好再向东北走，寻找突破口。好在路比刚才好走了许多，从神仙山主峰奶奶尖延伸过来有一座山梁，梁下有一大片高山草地，约有 40 公顷，当地百姓叫它跑马梁，传说是北宋杨家将在此训练骑兵的教练场。神仙山四周枪声不断，火光闪烁。这是四十二团预先部署在各方向、各要点的小分队与围剿的敌人接上了火。尾随大队人马而来的日伪军看到山上的火龙来回游荡，着实吃了一惊，搞不清八路有多少人马，更不知道这是什么新战术，不敢贸然进攻，于是命令炮兵向山上开炮，噼啪咣当乱打一顿，根本打不到目标。日军指挥官急得嗷嗷乱叫，像赶羊一样赶着伪军、日军往山上爬。天快亮时，在山顶上隐隐约约可以看到追赶上山的敌群。看来，10月28日白天是突不出去了。王平熟悉山上的地形和路径，又有向导带路，他们引导两路人马向北行走，大约1.5公里后又向东顺崎岖小路下到山背后，选择靠近山脚的一个山坳里会合，全部隐蔽起来，只待天黑后再行动。天亮后，鬼子们爬上了山顶，在山上乱窜，漫山遍野地搜寻，无奈神仙山上一座山峰连着一座山峰，起伏跌宕，怎么也找不到八路军的踪影。鬼子一面派部分兵力向主峰奶奶尖上的寺庙追赶，一面调来两架飞机在山上盘旋侦察。

四十二团指挥所于10月28日拂晓转移到了神仙山主峰奶奶庙。顾不上休息，成少甫团长、马卫华参谋长带领精干的机关人员察看地形：神仙山主峰有两个山头，东边山头上建有奶奶庙，西边山头上建有北岳庙，两个山头之间有一个隘口。北岳庙西北角有条小路可通涞源境内，奶奶庙东边有条小路可通唐县，主峰、西南、正南有路可通阜平县三眼井村和胭脂洞村。堵住这四个口子就能守住主峰。指挥员根据主峰的地形地貌，很快定下了作战

四十二团团长成少甫、参谋长马卫华指挥部队坚守神仙山

主峰奶奶庙

主峰北岳庙

方案，并给作战分队下达了作战预令。此时，一轮红日缓缓从东方升起，不一会儿把脚下的主峰及周边的庙宇照得金光灿烂。太阳越升越高，远山近峰逐渐清晰起来。放眼远眺，峰峦叠嶂，奇峰耸立，大小几十座山头像臣子一样拱卫在主峰的周围。大大小小的峡谷自近而远伸展开来，沟壑幽深，千姿百态。品种繁多的树木分别簇拥在一面一面的山坡上，古树参天，密林森森。跑马梁的草甸子一眼望不到边，厚厚的秋草随风掀起层层波浪。这雄奇的高山地貌，壮观的林地风光，奇美的草甸景象，在晨曦的辉映下色彩斑斓，气势恢宏，真乃是“太行山似海，波澜壮天地”。古北岳的大好河山实在太壮美了！这样的美景，他们真想多看几眼。重任在身，不敢怠慢，团长提醒大家赶紧奔赴战位，随时准备投入战斗。就在这当口，忽然两架敌机朝主峰飞来，在山顶盘旋，发现山顶有八路军在活动，其中一架朝奶奶庙来了个俯冲扫射，子弹打得山头上的沙石、草木飞溅，腾空扬起黄尘黑烟。译电员李宗周猛然本能地扑向电台，用身躯捂住机器，背上的背包被打了七八个窟窿。大家赶快把李宗周扶起来，幸好没有人员伤亡。团长倒吸了一口凉气，连连感叹道：“好险呀！好险呀！牺牲了报务员，打坏了电台我们就无法指挥了。小李你真棒！”

在当年，八路军几乎没有防空火力，日军飞行员十分骄横。团长和参谋长判断敌机绝不会善罢甘休，肯定会转回来对我阵地实施超低空扫射。他们命令二连一排迅速做好反击准备，把机枪配置在西山头古北岳庙之前几块突出的岩石后面，步枪手分别隐蔽在两个山头的草丛里。说时迟那时快，一架日军立川 98 式多用侦察机向主峰扑来。该侦察机为双座，前后座都装备有机枪。驾驶员是曹长加藤胜，后排是中尉伊舍堂，侦察员兼攻击手。当日军飞机再飞抵主峰上空时，前后座机枪同时向八路军阵地猛烈地扫射。愤怒至极的战士们不约而同地向敌机开火，有的战士索性站起来持枪对空射击。机枪手沉着冷静，不失时机地向敌机来了个密集射击，日军飞机的发动机被击中，刺耳的马达声骤然停止，螺旋桨被打成一字型。失去动力的敌机变成了没有脑袋的蜻蜓，拖着一股黑烟摇摇晃晃地向神仙山南面挣扎而去，刚出山口，一个倒栽葱扎在台峪乡庄里村前的河滩里，机头扎进沙地里，机身一直撕裂到翼根的前端。① 傲慢的日军飞行员万万没有想到，装备落后的八路军竟敢发起对空攻击。舍身忘死的革命精神，机动灵活的指挥和战术，加上过硬的军事技术创造了战争史上的奇迹。打掉了一架日本飞机，在整个晋察冀引起了轰动，极大地鼓舞了边区军民的士气，大灭了日军的威风。

被打下一架飞机，这还了得，肯定是八路军的主力，八路军

---

① 庄里村村民郑耀臣的爷爷亲眼看见了飞机坠落的场景，后来日方出版的刊物也提及了此事，立川 98 侦察机驾机的飞行员名叫加藤。

阜平与唐县交界处的一个山谷

的首脑机关肯定就在这神仙山上。气急败坏的日军指挥官命令各路人马加紧进攻，加紧搜山。日军的注意力被吸引到主峰一带，神仙山东部围剿的兵力有所减少。机关大部队在天黑后下山继续寻找突破口。行至阜平与唐县交界处，有一条一二公里长的山谷里没有火光，没有动静，四十二团的侦察员也报告说这里暂时没有发现敌人。分区首长命令队伍快速前进，并令四十二团在东部活动的侦察分队前来接应，天亮之前，终于全部下山，继而跳出敌人的包围圈。突围行动几经周折，夜间在崎岖的山路上行军，摔伤、扎伤的为数不少，但两路人马组织严密，大家互相搀扶，又有四十二团部队的护卫，突围中未失一兵一卒。

四十二团自组建以来，参加大小战斗无数，在成少甫团长的带领下，在战争中学习战争，仗越打越精，战术水平越来越高，战斗力越来越强。在党的教育下，战士们深深懂得为了赶走日本侵略者来当兵，就是吃苦、流汗、流血，当八路军战士就是忘我、牺牲、担当。这些农家出生的士兵，经过抗日烽火的锤炼，人人都变成了英勇无畏的钢铁战士，个个斗志昂扬，就像一群小老虎。各连排班都具备了独自作战的能力，仗打得有板有眼，每次都能出色完成任务，尤其是担任神仙山要点防守任务的几个小分队更是突出。在掩护首长机关及相关单位转移以后，二连仍然坚守在主峰奶奶尖，牵制敌人，迷惑敌人，掩护伤病员，保护坚壁清野的重要物资。一天，担任警戒的战士发现，一大股日伪军从涞源县南马庄乡桑树堰攻了过来。团长在望远镜里看见日军的膏药旗在神仙山北麓忽隐忽现，遂命令二连一排进入阵地准备阻敌。神仙山的北坡比较陡峭，一排的战士们占领几个隘口，居高临下，机智灵活地同五百多名敌人激战，打退了敌人一次又一次的冲击。有一股小鬼子端着刺刀“呜里哇啦”地冲上来，身负重伤的战士刘水儿拿起最后一颗手榴弹扑向敌群，和敌人同归于尽。二连在

四十二团于神仙山主峰奶奶尖阻击敌人

主峰坚守 6 天，于 11 月 30 日撤出战斗。

坚守小铁工的四连一排责任重大，他们身后就是岭根、秋树滩、陈士庵等重伤员的藏身之处，还有白求恩医院的医护人员。小铁工村住着十来户人家，是炭灰铺大山里地势最高的村子。从炭灰铺上来要一路爬坡，翻过三道山梁，山路崎岖，而且多半有七八十度的坡度。近千名日伪军从炭灰铺出发，由狗汉奸带路，向小铁工“进剿”。作战经验丰富的排长赵风山指挥战士们依托有利地形打退了敌人的多次冲锋。经过一天激战，他们边打边退，退到小铁工村前的无名高地，继续坚守，牢牢堵住敌人进攻的去路。急了眼的日本鬼子拼命地用迫击炮轰击山顶，赵排长让战士们隐蔽在巨石背后，躲避炮击。他亲自观察敌人的行动，待敌人靠近不足百米时，他一声令下，勇士们突然跃出战壕向敌人猛攻，在连攻带防中杀伤大量敌人。子弹打光了就用石头砸，面对蜂拥而至的敌人他们毫不畏惧，二班在班长带领下和鬼子展开了白刃格斗。最后只剩下共产党员、小炮组组长刘成耀，虽多处受伤，仍然顽强地坚持战斗。敌人见到只剩下他一人，企图活捉，便把他堵在一个山头。一个汉奸上前喊话叫他投降，他怒不可遏，心想要不是你们这些狗汉奸带路，小鬼子怎么能摸到这荒僻的深山里来，随手捡起一块尖尖的石头朝狗汉奸砸去。劝降不成，一群恶狼向山顶扑来。刘成耀誓死不降，抱起自己心爱的掷弹筒，高喊着:“打倒日本帝国主义！共产党万岁！”纵身跳下悬崖，壮烈殉国。他喊的口号声，惊天地、泣鬼神，在大山间发出声震群山的回声。这位年轻的八路军勇士与神仙山共存长眠在这里，留下了他生命中最为威武雄壮的一幕。战后人们编了一首歌谣赞颂他:“万丈悬崖谁敢跳，小炮组长刘成耀，不惜流血和牺牲，共产党员肝胆照。”“小铁工守卫战”规模虽然不大，但是战斗却十分惨烈悲壮，载入了四十二团的史册，先烈们的英雄壮举永远留在古北岳神仙山一带广大民众的心中。

在掩护首长机关转移的战斗中，四十二团三连也打得十分顽强。他们在桦木沟遭敌围困。激战至黄昏，七班为掩护主力突围，与数倍于己的敌人死打硬拼，由于寡不敌众，全班壮烈牺牲，成为神仙山永远的卫士。这个连的副指导员武占国，带领伤病员转移，翻山越岭时与主力失去联系，未能跳出敌人的包围圈。在把伤病员隐蔽好之后，他带领一名战士去寻找主力。不料，又与一伙敌人遭遇。他俩随即潜入一个叫夜壶石堂的山洞，这个山洞在涞源县老爷石堂村南约四公里处，在阜平县境内。敌人尾追过来，一个劲儿地往山洞里投掷手榴弹，还用机关枪扫射。武占国是曲阳县人，1939年参军入伍，共产党员，他抱定了一个信念，宁死不降，在洞内坚守不出。敌人看硬的不行就来软的，派几个汉奸冲着洞口喊话："姓武的快投降吧！八路军给你什么好处啦？赶快出来吧！皇军饶你不死，还重重有赏，给你个营长团副什么的当

小铁工阻击战主阵地——西坡尖主峰下

当！”他们妄想用官职来诱降。武占国大骂敌人瞎了眼，冷不丁地举起驳壳枪就是一梭子，当即撂倒几个敌人。鬼子气得发了疯，从老百姓院子里搬来一堆柴草，塞到山洞口部燃起熊熊大火，妄图把两位八路军熏出来或者熏死在里边。滚滚浓烟把他熏得昏迷过去。敌人在洞口折腾了好大一阵子，满以为八路军已经被浓烟熏死了，赶紧到别处去搜山。天黑后，日伪军撤走了，武占国苏醒过来，发现那位战士已经抱着一个敌人跳崖牺牲了，他带着浑身伤痛爬行去找自己的部队。幸好遇到当地几位民兵，才把他抬回到连队。连长指导员见到他，三个人紧紧地拥抱在一起，在场的战友们都流下了热泪，大家发誓一定要为牺牲的战友们报仇雪恨。

涞源县老爷石堂村——通向神仙山的要道

四十二团奉命在神仙山里担任要点防守任务的小分队，不过百十来人，在东西南北四个方向上以班排为单位单独作战。他们不畏强敌，敢打敢拼，在民兵、游击队有力配合下，巧妙地利用当地有利地形，与势力悬殊的日伪军周旋六昼夜，并给敌人以重大杀伤，把大批鬼子牢牢地吸引在神仙山里。保证了军区、军分

参谋长马卫华指挥两个连队于神仙山草庄台伏击日军扫荡大队，歼敌百余人，无一伤亡，被誉为“反扫荡”典范战斗

区和行署机关以及后方有关单位的安全转移。

11 月 3 日，各小分队在完成既定任务后，奉命转移到外线休整。参谋长马卫华率部队截断了日军的后勤供应路线，迫使日军于 11 月 5 日退出神仙山。四十二团主力积极活动于神仙山南部的东板峪店、王林口和上下平阳一带，团部设在东板峪店，四处破坏敌人的交通线，断其粮草来源，迫使其无法再战。11 月 19 日，四十二团一连利用夜晚，突然袭击了驻在鹞子河中游马驹石村的日伪军，歼灭日军 30 余人。12 月 7 日，日军一个“扫荡”大队裹带 500 多个驮子，在两架敌机的掩护下，从涞源马庄向唐县军城方向撤退，当天晚上宿营在神仙山东部草庄台以北。四十二团决定以伏击手段拦截该敌，当夜马卫华参谋长带领两个连和机枪排一部，赶到草庄台西北地区设伏。第二天天刚亮，敌人在村外沙滩上集合，敌军头目正要训话，马参谋长一声令下，埋伏在村旁山坡上的一挺重机枪和两个连的步枪一起开火，密集的子弹射向敌人的队列，敌人猝不及防，一时无法还击，成片地倒下去。有的往死尸下面钻，有的往一块挤，乱成一团，不到一刻钟沙滩上就撂倒了一大片。敌遭突袭手忙脚乱，赶忙逃跑，我方又乘胜追歼其一部。这场伏击战，共毙伤敌人 100 多名，而我部无一伤亡，成为“反扫荡”战役中一次伏击战的成功典范而载入军史。

古北岳神仙山保卫战，四十二团在兄弟部队和地方民兵配合下，从 9 月 16 日开始到 12 月中旬结束，历时 3 个月，进行大小战斗 47 次，共毙伤日伪军 699 人，击落敌机 1 架，缴获重机枪 1 挺，胜利完成了军区、三分区赋予的光荣任务。四十二团的官兵在血与火、生与死的考验面前毫不畏惧，勇于担当。指挥员临危不乱，沉着指挥，采取阵地战与运动战相结合、坚守防御与主动进攻相结合的战法，做到了要点坚守作战顽强有力，机动作战勇猛灵活，仗打得好、打得精。指战员们前赴后继，浴血奋战，奋勇杀敌。金龙洞、炭灰铺、小铁工、奶奶尖的阻击战，每仗都打得惨烈。大队人马的突围战，步兵打飞机的反击战，保护人民群众安全隐蔽的组织动员战，仗仗生死攸关。战士们用鲜血和生命，胜利保卫了神仙山，保卫了晋察冀首脑机关的安全，保护了人民群众和伤病员，保卫了军民赖以生存的物质基础，对彻底粉碎日本侵略者 1943 年秋季的“毁灭性扫荡”做出了重大贡献。为此，晋察冀军区通令嘉奖四十二团，所属四连荣获“神仙山保卫者”光荣称号；三分区授予四连“战斗与巩固部队模范”奖旗一面；机枪手权新法荣获“射击英雄”称号；三连副指导员武占国荣获“民族英雄”称号。英雄四十二团的业绩和美名将永远留在神仙山而流传千古。

炭灰铺是神仙山保卫战的发生地，是神仙山保卫战的主战场。这个村子在阜平县，是一个既普通又特殊的村庄。说它普通那是因为它也是本县北部深山里一个平平常常的村庄，农民种田过日子，和别的村似乎没有什么不同之处。说它特殊，是因为它既是农村，又是煤矿，这里的百姓既是种地的农民，许多人又是下煤窑的工人。这里的煤矿从唐朝就开始开采，盛产无烟煤，远近闻名，此地还生产石灰，因此得名炭灰铺。在抗战时期，炭灰铺村是民主政权管理下的一个大的行政村，下辖着南盘沟、坡寺、木榴柱、胭脂洞、大铁工、黄草窟窿、南庵沟口、三眼井、南庵、菊花石堂、教庆、陈士庵、秋树滩、小铁工、土洞、岭根、炭灰铺等18个自然村。这18个自然村分布在神仙山西部大峡谷和大小不一的沟谷之中，有几个村子住在半山腰中。三五天能把18个自然村子跑完也得累你个半死，“两山能搭话，相见得半天”是这里交通状况的真实写照。

“一方水土养一方人。”这里的老百姓，朴实、厚道。常年在高山上瘠薄的梯田里劳作十分艰辛，还有不少人要下到煤窑里背煤，承受着常人难以忍耐的艰难，这也造就了这方土地上的人们特别能吃苦耐劳的特性，就像神仙山一样坚韧。因为有煤矿，南来北往的商贾不断，常给人们带来外界的信息，使他们又多了一分机警和敏锐。经过几百年的历史积淀与岁月洗礼，最终形成了亦工亦农、商贸兴旺的独特的本土文化。

这个既有农又有工的村子，有坚强的党组织和抗日民主政权。边区、军区、三分区及阜平县委对这里格外重视。抗战伊始，上级就选派得力骨干深入这里的农村和煤矿，建立了党组织，此后不断发展壮大。炭灰铺煤矿地下党的负责人叫金博，是四川人。宋玉合，来自唐山煤矿，还有王炳玺，阜平县板峪店人，他们的公开身份是工会领导。党组织发动煤矿工人恢复扩大生产，响亮地提出了“多出煤，出好煤，支援抗战，消灭日本侵略者”的口号，保证了边区工业特别是兵工用煤的需要。后来为了便于开展工作，煤矿和农村共同建立了一个党支部。支部拥有郑耀岚、梁士贵、王峰、郑美英、辛宏、李志奎、李连保、郑耀芝、张福恒、田俊生、李志林、王丙章、杨增福、曾红明、陈来、李耀珍、张国祥、杨增秀、段青玉、郑清云、郑江、郑耀中等50多位优秀的共产党员（详见《晋察冀边区阜平县红色档案丛书》功臣录下册第67页、第103页）。

抗日战争一开始，炭灰铺党组织就在上级党委领导下，积极组织这里的群众支前，抬担架、送公粮、埋地雷、做军鞋、护理伤病员，特别是每逢敌人来“扫荡”，包括1942年日军“五一大扫荡”时，从冀中进山来的抗日机关和单位，都受到了群众的大力支援。他们夸赞这里是他们最牢靠的“大后方”。1943年6月，常驻炭灰铺邻村大台村的军区“白校”和白求恩国际和平医院，根据日伪军欲来神仙山“清剿”的紧张形势，决定在炭灰铺村西北部的几个深山村建立便于隐蔽、便于攻守的战地救护基地。经过民主选举，实行民主政治，穷苦百姓当家做主挺起了胸膛，因为“减租减息”和“统一累进税”等政策以及大生产运动的开展，人民群众的生活得到改善，这些村子里群众的抗日热情特别高涨。短短一个月的时间，医院所属的五个基地就全部建成。村民们把自家的屋子、院落腾出来，打扫干净让基地战士住，拿出家里的日常用具给基地战士使，赶着自家的毛驴给基地运东西，凡是基地需要配合的事大家都抢着干。各村党小组还组织民兵游击组与基地建立联防，在村边路口安排了流动哨，在高山上设了“消息树”，连儿童团都发动起来，监视可疑的人进村，组成了一张严密的“反扫荡”大网。

从9月16日敌人第一次来“扫荡”，到12月15日日伪军败退滚蛋，炭灰铺各村的乡亲们齐心合力，一次又一次地同敌人斗智斗勇，终于配合部队挫败了敌人的罪恶阴谋。10月29日，日伪军侵占了炭灰铺，对其下属的自然村进行了连续12天“梳篦式”的反复搜剿，烧杀掠抢，无所不用其极。除黄草窟窿村以外，其他十几个自然村无一幸免。房屋几乎全被烧成一片废墟，无村不戴孝，处处闻哭声，人民群众遭受血光之灾，衣食都异常困难。百姓们日夜藏在高山深谷的山洞里、密林里，野菜树叶充饥，艰难度日。丧心病狂的日本鬼子无孔不入，千方百计搜索军民坚避的粮食弹药。在大铁工村东北的窟窿山半山腰有个大山洞，也不知道小鬼子从哪里探听到里边有粮草，从北洼爬了上去。扒开干草看到一垛粮食，二话不说，一把火点着了干草和粮食。正当这群畜生手舞足蹈之时，粮食后面的炸药被引着了，一声巨响，窜起一个大火球，七个罪恶的侵略者随火球一起滚下了山坡，掉进了山谷，受到了应有的惩罚。住在这里的军区白求恩国际和平医院的五个基地，处境更为艰险。和平医院建在岭根村的第一个基地，收治了 40 多名重伤员，抢救任务很大。为了不让这些伤员第二次受伤流血，四十二团和当地民兵对来犯之敌，进行了勇猛的阻击。村里的老人们至今还记得，从战场上转移下来的伤员很多，三个五个一个劲地往下抬，伤员最多时有一百来号人。这个只有 11 户人家、60 多口人的小山村，承担起配合医院抢救伤员的重任。乡亲们把自家的房子全都腾出来，重伤员安排在百姓家，轻一点的住在石堂里，再住不下，就挖地窖、搭草棚住。男人们一趟一趟地接送伤员，女人们给伤员洗衣服，端屎端尿，不是亲人胜过亲人。日伪军来搜山或者汉奸特务来侦察，民兵游击队黑夜间把一个个重伤员悄悄送进悬崖上的山洞里，伤员们安全了，村里人却摔得鼻青脸肿，但是从没人叫过一声苦，而且大家是那么抱团，从没走漏过半点风声。那么多伤员住在村里，一时间粮食成了大难题。乡亲们先把自己家里的小米、玉米、土豆等存粮统统拿出来当公粮，大人孩子就拿野菜、树叶填肚子。很多群众因为缺粮而便秘或者肠梗阻，有的甚至肠穿孔。没有人强迫，没有人动员，更没有人高价收买，而是靠着中华儿女的一腔热血和满腔忠诚，自觉自愿地和侵略者展开一场殊死决战。

此情此景，让四连连长马承周感动得热泪直流，他对村干部和群众说:“乡亲们，我是灵寿县慈峪人，咱们离得不远，过去我光听说你们山里穷，没想到你们是这样刚强。小铁工阻击战这一仗我们没有打好，我要检讨，我对不起你们这些父老乡亲。”村干部们说:“马连长你说的不对！不是你们没打好，而是你们人太少，武器又不行。洋鬼子用的是啥家伙，你们用的是什么？”马连长出声地哭了，当时我们的子弟兵每人只能有几粒子弹和两三颗手榴弹，伤病员时常没有药品治疗。毛主席说当时整个八路军的情况是:“我们曾经弄到几乎没衣穿，没有油吃，没有纸，没有菜，战士没有鞋袜，工作人员在冬天没有被盖的地步。”我们三分区的部队又怎样？“开始每天还能吃两餐饭，一顿干的黑豆窝头，一顿稀的黑豆玉米粥，到后来，有时只能用野菜树叶充饥。”① 一位牺牲的战士被日本兵用刺刀挑开肠子观看，里面竟然是未消化尽的当地红枣和野菜，日本兵惊讶得瞪大了眼。在这样双方条件极为悬殊的拼搏中，我们打的是勇敢顽强，打的是视死如归的民族精神！

“战争让女人走开”，这是大男子主义者的无知狂言。三分区家属们的突围确实行动很不便、遇到了不少麻烦。但是，边区人民清醒地知道，三分区政委王平的夫人范景新等绝不是什么“累赘和包袱”，而是“宝贝”和巾帼英雄。这位阜平籍女八路，原是县女子师范的学生，八路军一来就投身抗战，被选举为阜平县第一届妇女抗日救国会主任。当时边区妇女是什么状态？上有公婆管着，中有丈夫管着，下有儿女管着，成天围着“三台”（锅台、碾台、磨台）转，咋会为国为民做贡献？是范大姐和其他妇女干部一起背着行李卷上山下乡，积极宣传、动员妇女们起来参加抗

① 见《王平回忆录》，解放军出版社，1992年10月出版，第259页。

战，让她们投入了抗战洪流。她们和男人们一样，抬担架，送军粮，特别是做军鞋、照护伤病员，更是男人们所不如，在共产党领导下妇女们真正撑起了抗战的半边天。想想吧，没有妇女这半边天，抗战会是什么样？因此，炭灰铺一带的百姓自觉自愿地担负起了掩护、照顾三分区家属的重任。

三分区机关突围，范景新因为身边带着一个才两岁的二女儿跟不上部队行动，所以由分区政治部一位阜平籍战士范清贵负责照顾，还有当地一位姓史的抗日积极分子做向导，暂留炭灰铺一带打游击。范景新他们一干人，夜间从炭灰铺村出发，凌晨时分转移到陈士庵村。本村的群众像对待亲人一样招待他们。被天灾和日本鬼子的战灾祸害得衣食无着的穷苦百姓，端出来最好的饭食也只能是一碗掺了野菜的玉米面糊糊。几天没有吃上饭的他们，不是吃而是“喝”着这棒子面糊糊，饭还没吃消停，就突然听到枪声，他们只好撂下饭碗，赶紧往山沟里躲。原来是南路敌人趁百姓们还在睡觉，占领炭灰铺以后朝这儿追赶过来。在小铁工村敌人遭到四十二团一个排的阻击，敌人才未能打到陈士庵来。

天黑以后，范景新他们又返回陈士庵村。村干部和群众为了保证他们的安全，连夜在村外的一道山沟里挖了一个竖井式的土洞。第二天吃过早饭，村干部把范大姐和女儿安置在里边，在井口盖了一块石板，又在石板上伪装上一些树枝、草屑，只在一边留下通风透气的孔。这天她们母女俩刚进洞不久，几个日伪军就搜捕到这里。猪圈里，鸡窝旁，厕所边，墙脚下，敌人用刺刀一下一下地戳，每个犄角旮旯都搜查一遍，其中两三个日伪军在坡下往上爬，眼看就要接近范大姐母女俩藏身的土洞口，趴在山头树丛中的范清贵，看得清清楚楚，一颗心立马提到嗓子眼上，这可怎么办，这可怎么办？就在这个节骨眼上在日伪军的背后，突然咕咚几声巨响，动静大得惊天动地，日伪军不知发生了什么事，马上向有动静的地方冲过去。原来是几个站岗的民兵发现情况不对，立时从山上滚下几块大石头，把敌人给吸引了过去，等敌人追过去，民兵们早钻山沟跑远了。范景新母女俩才得以安然无恙。

好险呀！要不是那几位民兵机动灵活，抛石头引走敌人，后果真不堪设想。乡亲们都说范大姐不是凡人，是天上的星宿下凡，所以一有灾情，神仙山上的神仙就过来相救。范大姐万分感念乡亲们的无私救助。她说，我在边区党校学习过马列，明白了“偶然性”和“必然性”的关系。我们被救看似“偶然”，实际上是“必然”，要不是乡亲们对抗日忠诚，要不是乡亲们伸手相救，就不会出现这种“偶然”。村里人都点头称是，妇女们听了则夸奖说：咱们范主任真行，她懂那么多大理论！

日伪军像篦头发似的在神仙山反复“清剿”，分区家属由当地党组织、村干部组织民兵游击队，趁夜晚护送向东转移。范景新和小女儿在范清贵和一名向导护送下昼伏夜行，行进到奶奶尖，忽然发现山脚下的沟谷中都有敌人在搜山。无法前行，他们只好时而钻进山草林丛之中，时而又躲避到悬崖巨石间，活像和敌人捉迷藏一般。这一天左转右弯来到奶奶尖底下的南庵村。村里人告诉他们这里也很不安全，昨天萧克代司令员隐蔽在这里，因为敌人随时都可能搜捕过来，所以刚住下就又转移走了。听到这情况，他们只好不顾饥饿和劳累绕过神仙山主峰向南转移。这一天他们整整走了一天，没见一个村，没遇到一个人，穿越了一个“无人区”，除了喝几口山泉水之外，再没吃上一口饭，饿得真是前心贴后背。天亮的时候，来到一个叫燕麦洞的小村庄。村里只有一户人家，主人不知隐蔽到何处了，连个人影也喊不出来。好在这家人房上堆着一堆没有脱粒的玉米棒子，大家总算有了吃的。范清贵爬到房上扔下一些生玉米穗，大家一起拧下穗上的湿玉米粒，估摸了一下玉米粒的分量，放在石碾上碾了碾，连皮带面熬了一大锅稀粥，大家喝粥充饥，饭后大家立即赶路，不料刚走出七八里路，范大姐突然停住脚问：“清贵同志，咱们给人家留粮票了吗？”范清贵拍拍脑袋说：“哎呀呀，手忙脚乱的，我给忘了。”范大姐说：“我也忘了，咱找个人回去一下吧，把粮票钱票给人家留下吧。”几天的奔波劳累惊吓，范清贵实在不愿再跑这三四公里路，就说：“这样吧，范大姐，以后咱找人给捎过去，或是通过组织转过去都行，我保证一分一两也不缺他的。”范景新思忖一下说：“不好，现在情况这么危险，万一咱们遇上个好歹，钱票粮票给不了人家，会造成什么影响？这是纪律，什么时候咱们也不能忘。”范大姐领着孩子躲在一间破庙里，等范清贵返回给那一家人留下钱票粮票回来，他们才又动身上路。

日伪军丧心病狂地在神仙山腹地整整搜寻了 12 天，连萧克和三分区家属们的影子都没找见，真成了聋子的耳朵瞎子的眼。家属们在当地乡亲们掩护下，虽然又苦又累又凶险，大家还是安安全全地冲出敌人的包围，开始了新的战斗。在“反扫荡”中，部队干部的孩子交给群众照管，群众把保护干部的后代当作革命任务。他们说：“八路为了抗日，连家都不能顾了，保护革命后代是我们义不容辞的责任。”在遇到敌人搜查的时候，不少群众为了保护子弟兵的后代献出了自己宝贵的生命或亲生骨肉。这段岁月在他们人生旅途中留下永不磨灭的印记，成了他们和孩子们非同寻常的记忆，也在永远地教育着后人：人民是我们的亲爹娘，我们要为人民上战场。

六

四十二团鏖战神仙山的时候，晋察冀军区第一、二、四分区及邻近的部队，如三十团、行唐支队、正定支队和八区队三连等，也都出色地完成了上级交给他们的任务，以积极的攻势，有力地策应和配合了神仙山保卫战。10月8日，三十团伏击了石草背之敌，毙伤日伪军42人，夺回了被敌人抢去的牲畜，交到群众手里，老乡们十分高兴地称八路军是“菩萨军”。10月10日，行唐支队第二中队（步兵第五六九团三连）在行唐的余底村北侧，用伏击手段全歼伪治安军1个班，毙伤2人，俘虏5人，缴获轻机枪1挺，步枪1支，子弹700余发，打击了这一带日伪军的嚣张气焰。10月11日正定支队（步兵第五六九团七连）在八区队1个侦察班的配合下，以强攻手段，攻克灵寿以北约12公里处的南贾良炮楼。这是当地规模较大的1个日伪据点，他们经常出来要粮、要夫，对当地群众危害很大，此次战斗全歼日军1个分队、伪军1个小队，俘虏伪军16人，日军8人，缴获轻机枪1挺，掷弹筒1个，步枪20余支，然后放火烧掉炮楼，百姓拍手叫好。此战受到三分区通令嘉奖。

10月11日，八区队三连（步兵第五六九团二连）在区联编成的队伍，进至行唐县城西约11公里处的宋营待机时，当夜被日伪军包围。三连在区队长韩光宇指挥下沉着应战，以“声东击西”的妙招与敌人且战且退，胜利突围，此战共毙伤日伪军200余人。10月12日夜，行唐支队第二中队再次以夜袭手段，对灵寿城西

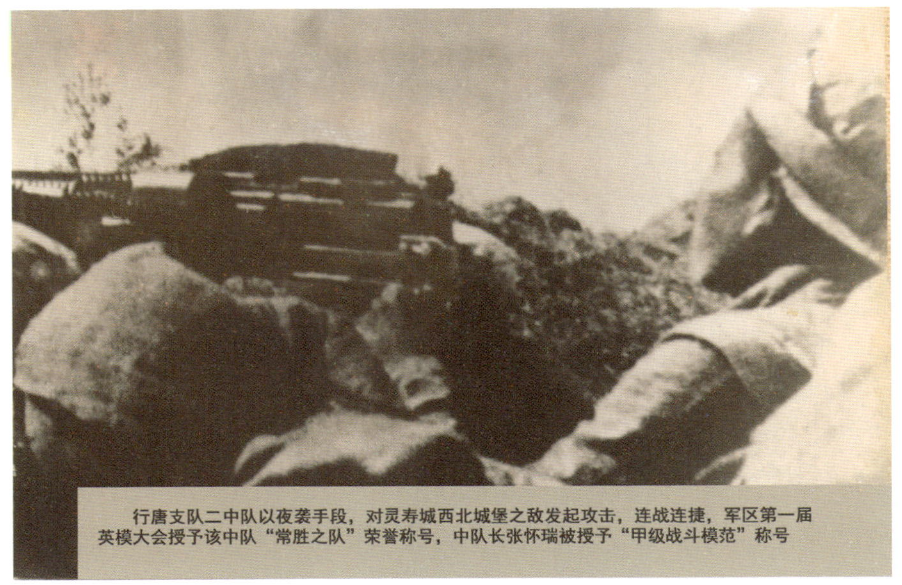
行唐支队二中队以夜袭手段，对灵寿城西北城堡之敌发起攻击，连战连捷，军区第一届英模大会授予该中队“常胜之队”荣誉称号，中队长张怀瑞被授予“甲级战斗模范”称号

北城堡之敌发起猛攻，连克敌人碉堡3个，歼敌1个多小队，缴获敌人步枪30余支。由于这个中队连战连胜，在日后召开的晋察冀军区第一届英模大会上被授予“常胜之队”的荣誉称号，其中三小队队长胡凤刚被授予“战斗英雄”的光荣称号。11月22日，三十团又袭击上社之敌，摧毁敌人碉堡1座，毙伤敌人10余个，俘虏伪军55人，其侦察连在“反扫荡”中，于行唐以东的余底村、上碑村及以南的磁沟和新乐县西北的青同镇等地，进行了8次伏击战，并在平汉铁路和行唐、灵寿、新乐三县之间进行了2次规模较大的“破交战”（指破坏敌人的交通运输），共毙伤敌人100余名，平毁公路25公里，收割电话线1200公斤，有力地打击了敌人。

在长达三个月的“反扫荡”中，阜平县民兵武装发挥了重大作用。当时的民兵组织已经很严密，有丰富的作战经验，他们怀着对侵略者的极大愤慨，勇敢地投入战斗。他们积极开展麻雀战和地雷战，在敌人“扫荡”必经的大道上和村里村外，房前屋后，灶里炕下，猪圈鸡窝，利用不同地形地物埋设地雷，敌人走到哪里，哪里炸，碰到什么，什么炸，处处挨打挨炸，寸步难行。民兵在这次“反扫荡”中还制造了“引诱爆炸”“迎头爆炸”“尾追爆炸”“飞行爆炸”等方法，使敌人死伤累累，仓皇撤退。模范共产党员、中队长李勇带领阜平五仗湾游击小组，将地雷战和麻雀战结合，巧妙地打击敌人，三个月内，他一个人就有效地爆炸了62颗地雷，炸毁敌人汽车5辆，毙敌官兵364人，被授予晋察冀军区“爆炸英雄”的称号。

在这次“反扫荡”中，阜平县民兵游击队配合部队、县地方武装，广泛开展了地雷战、麻雀战、游击战。全县有效爆炸地雷875个，毙敌日伪军2200余名，炸毁敌人汽车76辆。进行大小战斗370次，毙伤敌伪378名。解救被抓民夫1235名，夺回粮食6万斤。全县民兵游击队积极主动的作战行动，吸引和消灭了大批日伪军，困住了他们的手脚，有效地支援了古北岳神仙山保卫战。

“毁灭性扫荡”是日本侵略者发动侵华战争以来，对晋察冀边区腹心——北岳区神仙山进行的最为残酷的“扫荡”，其兵力之多，手段之凶狠，时间之长都是空前的。但是，在我抗日军民的英勇打击下，日军不得不于12月中旬撤退。日军妄图拔掉晋察冀这个插在日本侵略者胸膛的尖刀，从这里抽出兵力以参加太平洋战争的罪恶目的变成了一场黄粱美梦。

“反扫荡”胜利归来，“白校”和白求恩国际和平医院的人马返回他们的大本营——神仙山西南脚下的大台村。这个村像赶大集、逛庙会一样红火起来。这些白衣天使们沉浸在大悲大喜之中。隐蔽在神仙山山洞里的伤病员们，经过三个来月特殊情况下的特别医疗，有的已经痊愈，有的显著好转。他们纷纷找领导要求奖励军医邢竹林、程间以及护士苏景芳等人，并含着眼泪感谢他们的照护。这三个月里，邢竹林和苏景芳手术组护理的80名伤病员不仅全部康复，而且新接收的75名也大有好转。军区和军区卫生部的首长们连连称赞：好样的，了不起，真是一个奇迹！不久，邢竹林代表战友们光荣地出席了1944年的边区第一届群英大会，被授予“战斗英雄”的光荣称号。苏景芳出席了1944年11月晋察冀军区的群英大会，被授予“白求恩模范工作者”的光荣称号。

“白校”凯旋，师生们欢庆胜利，庆贺在这血与火的斗争中得到了锻炼和提高，但是，“白校”教务主任殷希彭却在人后偷偷掉泪。先前，长子殷子刚带领武工队夜袭日军的阳泉火车站，不幸牺牲，痛失聂荣臻司令员特意为他们父子安排的见面机会，成为永诀。神仙山保卫战中，二儿子殷子毅，因为转移军区医院的药材，遭到敌机轰炸，当场牺牲。子毅当时才17岁，还是个娃娃。牺牲那天“白校”吃改善饭，校领导要殷希彭把子毅叫过来吃顿好饭。然而，殷老却严词拒绝，说不能搞这个特殊。谁知道这会成为他们父子的永别？人们感叹殷老要求自己太严，痛惜他不到一年连失两子。然而，同志们来劝慰他时，他却反过来安慰大家：连丧二子，岂有不悲伤者？说心里不难过那是假的。可是，请同志们放心，这打击我能挺住。国难当头我有两个儿子为国捐躯，他们光荣，我也体面。我要加倍努力工作，才是对他们的最好纪念。

当大台村的父老乡亲问起“白校”政委喻忠良时，师生们难过得说不出话来。当人们问到左克（*原名裘振仙，又名裘敏*）的时候，“白校”的女生们“哇——”的一声大哭起来。这位见人就笑，经常给乡亲们扫院子担水，被婶婶大娘们昵称为“南蛮子闺女”的左克，是杭州名门望族的千金小姐。如果按照读大学留西洋的路子走下去，一定会成为知名的“专家、教授”。人常说“上有天堂，下有苏杭”。单是这天堂之地又谁能舍得？可是1937年卢沟桥事变之后还不到三个月，刚刚18岁的左克就长途奔赴延安，投入抗日洪流。在陕北公学结业后，她随喻忠良主任带领的延安中央军委卫生学校远征到晋察冀根据地，随后编入“白校”。因为积极向上，历任校分队长、政治处技术书记、校部指导员、党总支书记。在“白校”转移中，她奋不顾身地照料伤员和小学员，不幸被一帮日伪军团团围住，她大声斥责日本侵略者屠杀手无寸铁的伤员和战场救护人员，是反人道主义的，是违反国际法的！但是日本侵略者哪里还有半点人性？哪里还讲什么国际法？他们端起刺刀向左克猛刺，这位民族女英雄把她年仅 22 岁的美好年华，留在了顺平县这个名叫白银坨的大山里。后来在她殉难之地建立了抗日烈士纪念墓碑，一尊浮雕表现了她和 13 名“白校”学员在 1943 年秋季“反扫荡”中，与敌人搏斗的壮烈情景。看罢这英勇悲壮的一幕，人们无不肃然起敬。晋察冀军区一分区的司令员杨成武在回忆录里写道：“突不出去的男学员为了保护女学员，与敌人扭作一团，最后被敌人用刺刀捅穿了胸膛。更多的女同志，则与扑上来的日本侵略军做殊死的搏斗，她们用手抓，用脚踢，用牙咬……负责掩埋遇难者遗体的民兵，全都哭了。大平地情报站的同志在向我汇报情况的时候，说着说着，也哭了。”

1943 年秋季大“扫荡”刚过，住在大台村的晋察冀边区白求恩国际和平医院就奉命派员，对阜平的“平阳惨案”进行调查。日本侵略军荒井部在平阳附近的五个村设立了所谓“红部”（即杀人场），每个“红部”都堆满了尸体，有的水井也被尸首填满。尽管时间在秋冬冷天，五个杀人场仍然是血腥气冲天。被刺杀、被刀砍、被虐杀，尸首本来就不全，加之时间一长血肉模糊，死者几乎已经无法辨认。后来，当地政府和各级干部把这些无辜被杀者掩埋在一个墓冢中，葬于下平阳村北，涉及阜平、曲阳、涞源三个县在这里的遇难者，被人们称为“千人墓”。阜平“平阳惨案”，是侵华日军杀害我同胞的华北三大惨案之中，殉难人数最多的一大惨案。

白求恩国际和平医院的工作人员含着眼泪，从大台出发在神仙山东部的平阳河谷进行了深入细致的调查，于1944年1月10日写出了《晋察冀边区白求恩国际和平医院关于平阳惨案调查公报》。公报指出："日寇荒井部队于去年秋对晋察冀边区北岳区大'扫荡'之际，盘踞阜平县上平阳村共一月零二天，于12月9日在我边区军民不断打击下，被迫撤退。敌寇在其盘踞期间，除对平阳及其附近村庄大肆焚掠外，并屠杀我平阳区和平居民达千余人。本院于日寇东窜后，特派员前往平阳及其村庄，调查日寇暴行真相，并对负伤同胞，施行医疗救济。现将调查所得，公布于全国同胞及全世界一切反法西斯人士，使日寇在我边区残暴兽行之一部，得以大白于天下。"这个正义凛然的报告，刊登在1944年1月17日的《晋察冀日报》上，成为清算日本侵略者罪行的血书，声讨侵略者的檄文，在各个根据地都引起强烈反响，至今仍是日本侵略者侵华的一大铁证。

白求恩国际和平医院的调查人员，听到了数不尽的控诉，感受到了边区军民火山般的哀叹和仇恨：

下平阳村64岁的小脚老大娘杨贞，日本兵要来了，人们劝她赶紧随家人躲避。她说："你们跑吧，我用不着跑，我都六十多岁的人了，他们还能把我咋样？我就不信他们日本人那么没人性，莫非他们不是人生父母养的？"这位白发苍苍的老人在平阳南山被抓住之后，日本兵就开始侮辱她。他们用手量她的小脚尺寸，捏她小脚的厚度，竟然让她脱下鞋和裹脚，观看"中国女人的小脚"，随后硬是逼着光小脚的杨贞大娘在山坡上蹦跑。杨大娘的小脚哪经得住山上尖石和粗砂的刺扎，日本兵在一旁哈哈大笑，说要把老人的小脚剁下来带回日本好好地研究研究。老人大骂日本兵是"牲口"。最后被几个日军活活用刀砍死。

日本侵略者对我根据地妇女的残害达到了骇人听闻的地步。

他们拿孕妇胎儿的性别打赌，剖腹取出定输赢饮酒取乐。丧心病狂地把正在哺乳的幼儿从母亲怀里夺过来，用刺刀去接，把刚到人间的生命穿个“透心凉”。把抗日女英雄刘耀梅烈士腿上的肉刮了去包饺子，逼着人们吃。12 月 8 日，侵占上平阳村的日伪军为了恐吓抗日群众，居然将孕妇王金亭（又名王青）的衣服扒光，强按在一口棺材里，逼迫被抓去的 20 多个青年妇女，赤身裸体地站在棺材前，观看他们行凶：一个日本兵用尖刀剖开孕妇胸前的皮肉，摘出心肝挑出胎儿，用枪逼着这些妇女一一近距离观看。这些妇女有的当场就被吓得昏死过去，日军还叫汉奸对妇女们说：“谁敢抗日就是这下场！”

时兴在边区的秧歌舞，本是根据地军民联欢的文艺形式，是为军民们抗战加油、鼓劲的精神文化娱乐。12 月 9 日，被我八路军、民兵及地方武装打得落花流水的荒井部，在兵败平阳就要溃退的时候，还要向边区军民挑衅。他们把抓到的妇女扒光衣服，强迫她们在打麦场上扭秧歌，日本兵在一旁喊叫：“你们不是爱跳秧歌舞吗？叫你们跳，叫你们跳！”随后验看下身，选处女奸污。有 60 余名妇女被掠走，几乎没人生还，拒绝者当场被刺刀挑死。

平阳南山，就是距古北岳神仙山三四十公里远处的照山，人称“北岳寨”。它见证了这段腥风血雨的日子，铭记着那时平阳大地上悲凉而激愤的歌声：

血埋没平阳河畔草，
风吹散平阳岭上云，
埋不尽的是英雄的热血，
吹不散的是人民仇恨的心！
……

有侵略就有反侵略。一件件血泪惨案，一桩桩深仇大恨，一个个被残害的无辜生命，发出惊天动地的呐喊：一个有历史、有文化、有血性的民族是绝对不会被征服的！以古北岳神仙山为地标的阜平人民，掩埋了亲人的身体，擦干了眼泪，又勇敢地投入新的战斗。1944 年 1 月 13 日，阜平各界人士十万人齐集县城，召开了庆功祝捷誓志复仇大会，并树立 1943 年秋季“反扫荡”纪念碑作为永久的纪念——

碑阳：

气壮山河

沙河河边儿女英雄辈出三个月建功奏捷

派山山下军民节烈争传十万众誓志复仇

碑阴：

是年秋九月，日寇以四万之众，三月之久，对我北岳区进行空前长期残酷的“扫荡”，而以我阜平为中心，在边区共产党英明领导下，在边区八路军血战支援中，我全县人民与全县民兵，对敌展开全面斗争，尤以地雷战、游击战空前卓著，杀敌计达二千二百零七名；物资争夺战亦奏捷音，沙河稻田抢收八千六百亩；政治攻势亦颇有声色，民族气节与斗争意志虽历久而弥坚，期间英雄辈出，节烈争传，如李勇爆炸英雄，声满边区，而李勇始终立在潮头，又创毙敌寇三百余人的惊人记录；邢善才神枪歼敌，妙手夺胜，严刑不屈，脱身再战；李瑞一手武器一手镰，杀敌抢稻领民兵；刘应法酣战马武寨，杀贼骂贼，命随弹尽；王青山父子英雄，凛然大节，生荣死哀。由于“反扫荡”中领导与群众相结合，于是有群众英雄，英雄群众，卒能战败法西斯野兽，使其负死负伤逃回巢穴。然而敌人的血债，并不能因此而勾销！在它的疯狂“毁灭”的“扫荡”中屠杀我同胞达一千三百六十六人，尤以平阳惨案，破孕妇之腹，餐生人之肉，腥风血雨，惨绝人寰！而我县优秀抗日干部英勇殉国者，亦有合作社县联社副主任李惠民同志，九区青年干部吕文范同志，一区妇女干部王册同志，四区妇女干部林超同志，六区粮食干部康德胜同志，以及县议员耿奎、卢汉三两先生。同时由于敌寇之抢掠破坏，我各种物资损失达一万二千五百万元。公此深仇血债，我十万人民，自当以不息斗争，陆续追还，待我全胜之日，任彼法西斯凶犯，天涯海角，插翅难逃。

中华民国三十三年一月十三日

阜平县庆功祝捷誓志复仇大会公立

毋庸讳言，由于当时时间比较急迫，碑文有许多应该记录的东西没能记入，但它是那段历史的真实记录，是那次反侵略斗争的经验总结，是日本侵略者永远无法开脱的罪行！

兵工厂的人们回来了，驻地的乡亲们像迎接亲人一样把他们迎接回来。大家一起动手，把被敌人烧毁的厂房修起来，把掩藏的机器、物资取出来，把工程技术人员接回来。兵工科技人员，即使在三个月日伪军大“扫荡”中，他们依然是一边隐蔽，一边继续钻研改进以往的产品，使自制全新子弹、高级炸药、纸质雷管等质量有很大改进。段廷兰她们这些学徒工长大了，技术上成熟了，政治上进步了，工厂很快就恢复了生产，而且产品质量也有了很大提高，大家赶紧为前线制造打豺狼的武器弹药。

1944年初，美国总统罗斯福派大员一行来中国考察。这些大员在国民党统治区看到的是“前方吃紧，后方紧吃”的腐败相。通过宋庆龄介绍，他们来共产党领导的抗日根据地考察，展现在他们面前的竟是另外一重天，惊奇得他们瞪大了眼！这期间他们考察了神仙山下兵工厂的生产情况，考察组长陆登先生称赞八路军的军队英勇顽强，接着又评价我兵工厂“生产很好，（武器）威力很大”，还无限感叹说：“你们能在这样艰苦的条件下生产出子弹来，这对我们美国人来说是不可思议的！”

20世纪80年代初期，为编撰阜平县党史，县委党史办赵宪先生专程拜访了共和国开国上将萧克将军，提到炭灰铺村的人们背着他过天堑——阎王鼻子、木把钩的往事，这位身经百战的老将军激动得腾的一下从沙发上站了起来，十分动情地说：“是炭灰铺村的人民救了我一条命，救了很多子弟兵的命，我永远感谢他们，永远感谢阜平的父老乡亲！这事你们一定要记录入党史，告诉后人，永远不要忘记。”

其实，不要忘记的何止这一件。在边区在阜平似这样百姓保护首长、支援抗战的故事，是能说得完道得尽的吗？例如，那年日伪军来“扫荡”，晋察冀北方分局和分局党校的400余人迂回于阜平及邻近县，目标很大，大家用担架抬着生了重病的姚依林（北方分局秘书长）在阜平的山水间周旋。队伍来到阜平西部的上堡村，带队的领导周荣鑫等同志和躺在担架上的姚依林商量以后，决定把他“坚壁”在上堡村的小川，由村干部张献具体负责安置工作，随后队伍分散转移而去。

这小川和邻村黑印台都是上堡行政村的自然村。提起“黑印台”，人们总要给你讲讲这个怪名的来历。这村名，说的是过去一个贪官，用萝卜刻的黑印章在这一带加租加税欺骗、坑害百姓，被百姓发现痛打严惩的故事。后来人们为了纪念这事就把这个小村原来的村名改为黑印台。共产党来了，政治上让人们当家做主，经济上减租减息，改善了人民生活，人们的抗日热情像烈火一般越烧越旺。张献的老爹张殿礼是这里有代表性的庄稼人，他恨透了过去的贪官污吏，对抗日工作人员却是格外亲近。凡是村里来了抗日人员，不管是官还是兵，不问官大官小，都一视同仁满心招待。张献一家把平时省下来的小米、绿豆和新收获的北瓜熬成粥，这平平常常的庄稼饭有营养又祛寒败火，很合姚依林的胃口。村干部和村民还把攒下准备过年吃的一升半白面和大米敛起来，给姚依林改善生活，千方百计让他吃饱吃好。

日伪军来搜山，百姓们白天不敢在村里做饭，只有晚上才能偷偷地回村里做点吃的，生怕鬼子发现烟火来行凶。有一次姚依林发高烧喊着要水喝，看护他的老乡马上钻到地窖里，用小铁锅熬水。地窖小，氧气少，即使老干柴也冒大烟，呛得人们两眼流泪，百姓们只好跪在地上用嘴吹，用扇子扇，几个人轮换着烧，烧一小锅水烟熏火燎地要折腾半天。为了让姚依林早日病好归队，村里从邻村请来位老中医给他看病，开的药方里有白头翁、黄芩等。当地这些草药并不缺，夏秋季节伸手就是一大把，可正是大雪封山的时候，草药早已干枯难辨，况且大雪满山，洋鬼子四处乱窜，上哪去找这药材？困难难不住有心人，众乡亲利用早晚有光亮，鬼子不在的时候，到雪化光了的阳坡地里仔细找寻，到底还是给找来了。这草药还真管用，熬煎着喝了，姚依林的病好了许多。

敌情紧张，村里准备了担架，挑选了八名身强力壮的青壮年，选好了隐蔽的地方和路径，一旦鬼子扑过来，抬上他就走。最苦的是后山上的民兵，天冷得鬼龇牙，黑夜间还要给姚依林站岗放哨，西北风吹得人浑身打颤，穿件老羊皮袄也招架不住这风寒。

有的民兵就干脆抱起块石头原地踏步走，用这个办法赚暖和。人民啊，对抗日就是这般忠心！

老区人民为抗战胜利做出巨大贡献和牺牲。凡是在阜平工作战斗过的人都永远不会忘记这里的人民。晋察冀边区的老文艺战士周巍峙、孙犁、田间、田华等名人都把老区阜平看作自己的第二故乡。著名电影表演艺术家田华古稀之年多次回来探望，并筹资改善他们居住过的村庄的办学条件。人民新闻家邓拓把抗战时期居住过的马兰村，作为自己的笔名“马南邨”著书立说。不少从阜平走出去的老领导用阜平元素给自己的孩子起名，以示怀念和感谢。聂荣臻元帅把阜平当成他的第二故乡。阜平山高路远，20 世纪 50 年代干部靠两条腿背着铺盖卷下乡，为了帮助县上应急，聂帅出面从北京市给调剂来一辆退役的吉普车，满足了县领导的公事急需。阜平从来就没有工业，聂帅亲自过问下阜平办起了化肥厂，生产的化肥曾成为全国优质品。晚年的聂帅还时刻惦念着阜平的建设，当他知晓阜平还是国家级贫困县时，心里很难过，他无限深情地说：“阜平不富我死不瞑目！”聂元帅发自内心的感慨，体现出他对阜平人民的深情厚谊和无尽的牵挂，体现出党和国家对革命老区人民的深切关怀，永远鼓舞着老区人民发扬晋察冀抗战精神去实现民族复兴的中国梦。

英雄的古北岳神仙山，忠实地记录着昨天发生在这里的故事，镌刻着老一辈无产阶级革命家为创建和保卫这块红色的革命根据地建立的卓越功勋，牢牢地铭记着神仙山周围北岳区军民前赴后继，浴血奋战斩日寇的丰功伟绩，永远传颂着英雄的晋察冀军区四十二团，以及这块红色土地上为国捐躯的先烈们高尚的民族气节和大无畏的革命英雄主义精神。

壮美的古北岳神仙山啊，你将过往历史的风云，深藏在山清水秀之中，变成一部厚重的大书，告诫后人不要忘历史，赓续传统；不忘人民，心系群众；艰苦奋斗，致富脱贫；不忘初心，继续前进。

神仙山保卫战，将永远被后世颂传！

后　记

2016年，中共河北省保定市阜平县委作出部署，用两年左右的时间完成深度挖掘晋察冀抗战红色文化的工程，纪念晋察冀军区、晋察冀边区创建八十周年，用“晋察冀精神”教育和鼓舞全县人民团结奋斗，打好脱贫致富攻坚战。这一号召为《神仙山保卫战》的创作提供了契机和动力，作者希望为家乡的脱贫致富贡献微薄之力。

2015年纪念抗日战争胜利70周年之际，当年保卫神仙山的老部队——晋察冀军区三分区四十二团所在机械化师，在《解放军报》上发表了《神仙山保卫战几个细节》的文章。在神仙山山脚下长大的曾占平同志敏感地抓住这一信息，联系上了该部队。部队机关鼎力支持，两批次为《神仙山保卫战》的撰写提供了珍贵的文字资料和图片，弥补了战史资料的不足。阜平县党史办、档案馆近几年出版的《晋察冀边区阜平红色档案丛书》，部分章节也写到了神仙山保卫战。这为本书的创作提供了重要的史料基础。

2016年6月，保定市人大民族宗教侨务外事委员会原主任，阜平县人民政府原副县长刘坡同志到神仙山参加保定市阜平县有关部门组织的采风活动，在神仙山下与曾占平同志相遇，二人聊起神仙山，聊起当年神仙山保卫战，觉得应该响应县委的号召，写一写神仙山保卫战的故事。刘坡同志提议，请熟悉晋察冀历史情况的《阜平县志》主编高明乡同志主笔。经商议高明乡同志欣然应允，促成了该书的创作，三人商量了作品的主题思想、基本内容、大体结构以及体裁等事项。高明乡同志不顾年事已高，在手头掌握资料的基础上，又广泛地搜集素材，走访有关知情人士，不辞辛苦地起草出第一稿。三人碰头会稿后，高明乡同志在不太长的时间内拿出第二稿。曾占平同志对敌我双方的作战态势，晋察冀军区战役层面的作战指导，军区、军分区以及团级作战部队的作战指挥，各阶段作战具体的时间、地点，行动路线、战术动作，以及军地配合等方面的内容进行了核实、梳理，做了较大的调整，修改出第三稿。由刘坡同志统稿，对全书的内容和文字做了进一步的加工处理。这部作品是部队和地方的同志共同合作的结晶。

该书最大的特点是忠于历史、实事求是。该书是一部纪实性文学作品。作者对写作的定位是：在前人“铺路”的基础上，更真实、更具体、更全面地记述神仙山保卫战。为达此目的，作者认真地阅读了聂荣臻、萧克、王平、杨成武等老一辈无产阶级革命家的回忆录，广泛地查阅了与神仙山保卫战相关的史料，将地方的史料与部队提供的战史资料进行比对，把历史见证人提供的内容、情节与党史、军史资料相互印证，把以往书籍、史料中相对较概略的描写尽量地细化，对存在的疑点一一廓清。该作品以时间先后为顺序，以军事行动为主线展开写作，同时也用较大篇幅具体描写了地方各级党政机关、后方保障单位、地方武装、广大民众的抗战事迹，对重要的典型环境当中的典型情节，尤其是军地英雄模范人物着力进行了刻画，更具体生动地追述了那个年代、那场战役、那些军民、那些鲜活的故事和人物。

该书的出版发行得到了有关单位和各方人士的大力支持与帮助。原晋察冀军区四十二团新中国成立后所在部队的老领导（所在师师长、军长、大军区司令员）、军事科学院老院长刘精松上将审阅全书，并为本书题词、作序。全国金融书法家协会第一、二届主席，著名书法家张铜彦先生为本书题写书名并题词。中国书法家协会会员、中国诗词协会会员苗宝今同志为本书题词并帮助协调出版事宜。阜平县委郝国赤书记在百忙中为本书作序。晋察冀边区革命纪念馆原馆长、阜平县委常委、县委办公室主任王欣同志全力支持、亲自把关指导。陆军第31694部队、32117部队提供了神仙山保卫战翔实的文字资料和图片。阜平县法律行家李青山同志和县党史研究专家赵宪老师也提出了不少好的建议；主任记者张玉珠同志，文化人萧国宽先生对此书提出修改的意见；阜平县原副县长顾金兰女士在病床上介绍情况。军事科学院战争研究院某研究所所长白光炜、保定市人大原副主任郑继庄、河北广播电视台段金虎、阜平县委组织部安惠彦等阜平籍同志大力支持、多方帮助搜集资料。江苏圣通建设集团有限公司高度重视企业文化建设，认真学习传承晋察冀抗战精神，对本书出版给予鼎力支持帮助。中国文联出版社王柏松编辑非常重视，提出了许多指导性意见，为本书的编辑出版做了大量工作。

在此，对关心本书并提供帮助的各方面人士表示衷心的感谢！

由于时间较紧，史料有限，对神仙山周边其他各县在神仙山保卫战中的作战及斗争情况描写不多；由于作者水平所限，此书可能未尽人意，不妥之处敬请读者批评指正。

作　者

2017年10月

附一：

古北岳恒山赋

刘　坡

古北岳恒山，位于太行东麓，阜平、唐县、涞源三县交界处，起伏绵延，三百余里。俊岳奕奕，兀立九天。逶迤奔腾，倒海卷澜。巍峰雄峙，矗立穹寰。

古北岳恒山，文化名山。神农求教本草，黄帝问道太乙皆于此。《尚书》称之太行恒山，《尔雅》尊为北岳，《水经注》称为玄岳。汉宣帝诏封北岳，魏晋唐宋元明，历代皇帝，屡加敕封。舜帝以降至顺治十七年间，帝胄争相祭祀，撰文勒石刻铭。雅士登临抒怀，留存锦章妙文。

古北岳恒山，释家名山。东晋道安率众至此，护佛弘法，修寺建院。晨钟暮鼓，传梵音仙乐。木鱼铜磬，伴青灯黄卷。红墙黄瓦，飞甍翘檐。声声佛经，袅袅香烟。

古北岳恒山，道教名山。《中国道教》载此山为总玄洞天，乃道教三十六洞天第五洞天，北岳神之道场。多路神仙居此，亦名神仙山。西汉茅盈于此修道三十年，后创茅山学派。北魏李皎居山修道，年九十步履矫健，面如童颜。八仙弈棋山顶，棋盘留存山巅。枣花村人有诗赞曰："神仙仙居神仙峰，神仙山脚神龙吟。神仙弈棋仙山顶，神仙山峰神仙灵。"

古北岳恒山，英雄名山。赵简子借山考子，杨六郎破敌守险。

聂元帅游击战斩杀敌寇，老君洞藏八路军伤病员。神仙山大捷，小鬼子心惊胆战。《山地回忆》，孙犁记抗日儿男。

古北岳恒山，山有四奇！

一曰峰奇。是山层峦叠嶂，山势峻险。奇峰林立，崚嶒变幻。千岭万壑，列石冲天。峡谷幽深，绝壁危岸。岎岭岧峣，岖崎纠缠。高接阊阖，崆崇纡盘。太乙主峰，高1898米，耸立云间。晴日登峰，王快水库粼粼波光，定州开元寺塔清晰可见。太乙峰下，环立山峰四座。媳妇峰，婀娜妩媚娇赧。东、北、南，椎峰三座，刺青巑岏。尤为奇者，凌空山峰之间横卧一数百亩高山草甸——跑马梁，相传杨六郎曾在此牧马。跑马梁坦若平川，碧草如毯。周遭则群峰环峙，松涛歌欢。花甸则芳草萋萋，山花绚烂。旭日初升，峰峦金光耀彩。落霞夕照，林木遍着红衫。

二曰石奇。是山山石嶙峋，崔嵬岑岩。或如蜿蜒巨龙，或如静卧玉蟾，或如温顺羔羊，或如咆哮天犬。神鞭岩神鞭高举，香炉石鼎立崖畔。母子峰依偎母子，通天石直上云间。风动巨石风摇欲坠，双面观音慈眉善颜。奇崖叠奇峰，奇石叹奇观。

三曰洞奇。是山历亿万斯年，沧桑变幻，成无数奇异山洞，神秘莫测，五彩纷呈。白虎洞斑斓猛虎，黑龙洞蜿蜒游龙。石花洞石花烂漫，野马洞野马扬鬃。洞最奇者，当数西南山脚之金龙洞。金龙洞，洞连洞，洞套洞，洞洞相连玄妙幽深。天马饮水，神龟探海，金龙欢舞，皇罗宝盖，石笋石幔，奇珍异果，惟妙惟肖，千姿百态。金龙洞内最奇者，当数其水，大旱之年，周县百姓取水求雨，极灵验。缘此，被宋皇敕封为“利泽侯”。水流湍急，清澈见底，水底彩石，粒粒可数。乘筏游览，别有情趣。盛夏，洪水喷涌，曾有炊具泡菜泛出，不知源自何处。传洞有暗河连通山西浑源，故有此状，不知虚实，成千古之谜。

四曰庙奇。肇自西汉，后历朝都在此修庙建观。原有庙观72

座，铜像千余，金镶玉铺，画栋丹楹。叹风雨沧桑古庙毁坏殆尽，惟山阳褶皱处寺观庙址，断瓦残垣，随处可见。现山顶有今人新建之北岳庙、玉皇庙、三霄圣母庙十几座庙宇，虽难比昔日之辉煌，然亦为古北岳增色矣。

论北岳庙观当首数北岳观和北岳庙了。北岳观，原建于阜平台峪，规模宏大，香火鼎盛，现仅存遗址，令人叹惋。北岳庙，完好保存于曲阳县城，国宝级文物单位，始建于北魏，历代多加修葺。牌坊、御香亭、德宁之殿，多座建筑，雕梁画栋，精美绝伦，气势恢宏，蔚为壮观。庙存多通皇家祭岳碑文，皇家祭祀北岳之宝地，绘画书法雕刻艺术之宫。

古北岳恒山，省级森林公园，四季风光瑰丽！

春之古恒山，春溪弄琴，迎春花绽。杜鹃冰川笑，遍山红烂漫。山桃飘红云，山杏摇彩衫。布谷啼唱，春意阑珊。

夏之古恒山，七十二场浇花雨，万紫千红开满山。一地黄花，金光灿灿。彤彤山丹，含羞红颜。树木葱茏，蔽日遮天。雷殷殷，暴雨如注，万丈峰峦垂碧帘。电闪闪，金龙狂舞，惊涛喧嚣动地天。夏云奇峰秀，秀峰笼烟岚。

秋之古恒山，金风送爽，秋花娇艳。山菊花风情万种，五角枫火红烈焰。百岭百坡百花放，赤橙黄绿青紫蓝。秋光寥廓胜春光，秋意浓烈醉秋山。

冬之古恒山，林木萧疏，岑寂安然。琼花天庭落，松柏披银衫。冰瀑垂冰潭，冰潭冰花灿。尤为奇者，石窟小花，迎雪傲放，分外娇艳。神奇古北岳，月月开花鲜，鲜花迎高朋，高朋翘指赞。

赞曰：

古岳莽莽，历史悠长。
皇封北岳，祭祀歆享。

古岳森森，美奂美轮。

道教洞天，人间仙境。

古岳葱葱，山高水东。

纪开新宇，破浪乘风。

古岳苍苍，虎跃龙骧。

梦圆中国，前程辉煌。

附二：

环游神仙山

神仙山，又名大茂山（古北岳恒山），既是一座著名的历史文化名山，又是一座红色文化厚重的英雄山，同时还是一座自然资源丰富、风光独特秀美的山。2012年12月25日被河北省人民政府批准为古北岳省级风景名胜区，2020年其文化旅游项目被国家发改委、文化旅游部列入《太行山旅游业发展规划》（2020—2035年），其保护利用和开发价值巨大，前景可观，越来越受到各方面的关注。为方便读者清晰系统地阅读《神仙山保卫战》，同时为广大游客提供自助游服务，特将环游神仙山（古北岳恒山）的路线按照中、西、北、东、南线的顺序予以简要介绍。

一、中线主峰游（阜平县境内）

从保定、石家庄、朔州出发，都有高速公路直达阜平县城。从县城沿207国道向东北方向行驶35公里即可到达神仙山主峰半山腰的停车场。这是交通便捷，登山距离最短，最省力，景点最多的路线。具体讲，过了坊里村即下207国道，经过大台村、下店村（国营东风林场场部所在地）、金龙洞，就到达炭灰铺村。这是个古老的村庄，始建于唐代，是个行政主村，其所属18个自然村分布在神仙山腹地。

村西是金龙寺遗址，规模宏大，名气也很大，是众多高僧护佛弘法的主要道场，解放后炭灰铺小学以及粮店曾设在寺内。村东是炭灰铺煤矿的老矿区，由于长期开采，山体多处开裂，山头已经开了花。村子北坡半山腰有奶奶庙，香火一直旺盛。村南的山坡上发现了罕见的溶洞，洞内钟乳石千姿百态、栩栩如生。

从炭灰铺村到神仙山主峰奶奶尖有两条路：一路是进烧香沟，从煤矿老矿井过桥，对面就进入了烧香沟，这是古代上山进香的香道。拐个弯儿一公里处，原来有个村子叫破寺，现在是冀中能源阜平县煤矿的主井，这个煤矿开始是在破寺村周边开采，近几年已探采到胭脂洞、教庆、三眼井等方向。从破寺沿公路继续前行经过木榴柱村，三公里后到达胭脂洞。在胭脂洞下车，沿着山间小路步行五公里就可以到达跑马梁，自此登上奶奶尖主峰。沿途是东风林场的林地，桦木林、白杨林、油松林，一片连着一片，蔚为壮观。另一条路，是从炭灰铺出发，途径大铁工村、南庵沟口、三眼井村，驾车行驶8.5公里直达神仙山主峰山脚下的停车场。这一段就是所谓的炭灰铺大峡谷，标志着进入了古北岳风景名胜区的核心区域。

炭灰铺大峡谷是神仙山最精美的一段大峡谷，山峰对峙，高耸入云，沟谷幽深，林秀石奇，溪流清澈，火山岩林，大石堂，溶洞等随处可见，还有国内最大的嶂谷奇观。明代大旅行家徐霞客把古北岳（神仙山）的特点定为“幽”，在这里得到了最好的印证。

三眼井村地势较高，是避暑胜地，村边新建了三霄圣母庙，村里开办了神仙山酒家，为游人提供方便。从停车场上山，找到跑马梁北边的饮马池，向南走1.5公里即到欢喜梁，再折向东北顺漫坡爬到高三坟，通过这三个点就可全面欣赏跑马梁40公顷的高山草原。在欢喜梁北望可观主峰的雄姿，往南可居高临下俯瞰上寺、花洞至白石台的峡谷风光，欢喜梁东侧有条小路可到达上寺。高三坟海拔1700多米，自此下坡再上坡爬1.5公里就能登上主峰奶奶尖。登上主峰，游人通常都要首先面祭北岳神和天仙奶奶，以表达对上天及大自然的敬畏之情，尔后再观赏美景。

一是看山、品山。站在主峰，目力所及的范围内，海拔1000米以上的山峰24座，1500米以上的10多座，山连着山，梁接着梁。向北远望是涞源县的两狼山、插箭岭、白石山；向东朝下看是茶房梁，唐县的大岭头；向东南看是高三坟、背翅沟、教场沟；向南看是欢喜梁、大谷梁、三眼井南山；往西看是黄花岸、大平背、灰窑子尖、一线天、南庵梁；西南是琵琶背、教庆梁、陈士庵梁等。群峰拱卫主峰，大气磅礴，犹如数条蛟龙腾云驾雾，把“常山（神仙山）如行”的评价（北宋大画家郭熙）生动地展现在眼前。

二是观林海。主峰以南、以西是阜平县国营东风林场，林地面积6.7万亩；以北是涞源县白石山国营林场桦木沟、神仙山北坡两个片区，林地面积2万多亩；以东是唐县古北岳恒山国营林场，林地面积2.3万亩；三个林场共有林地11多万亩，多半被列入国家级公益林。满山遍野是原始次森林和人工林，草木青翠，林海茫茫，这是一片难得的绿色宝库，雄安新区的后花园。

三是望水系。北岳五行属水，“一年七十二场浇花雨”，充沛的雨量，茂密的植被，孕育了五条河流：主峰北坡发源的西河（唐河），注入了西大洋水库；东麓发源的通天河，南麓发源的平阳河，中部和西部发源的板峪河、鹞子河，均注入了王快水库。五河两库成为华北平原及白洋淀重要的水源地。高山、森林、河流造就了北方一片少有的绿水青山。随着雄安新区的快速发展，其地位作用会日益突显出来。

四是欣赏日出、日落。

五是领略四季风光。欣赏春天的繁花似锦，夏天满山的青翠及云海，秋天的层林尽染，冬天的白雪皑皑。最引人入胜的是春天的杜鹃花，从春节到“五一”前后花期为三个月。最佳观赏地点：跑马梁、大冰渠、大南凹、大南槽、鸽子窝、黄树塔、石壶子北坡、羊河拉沟等。

一路行来，最有品味的山脉当属神仙山。它自然风光的多样，历史的悠久，文化的厚重，将太行山的风骨展现得淋漓尽致，是北太行的典型代表。

二、西线（阜平县、涞源县境内）

西线是指207国道阜平县大台乡高家庄、老路渠、柴劈岭（阜平县与涞源县分界岭）、古道、狼牙口村至南马庄一段。西线与中线之间是1500米以上的群峰云集，人烟稀少的地带，能叫出名字的山峰有抓虎寨、柴劈岭、大界根山、西坡尖、支拉石坨尖、琵琶背、陈士庵梁、教庆梁等，抗战期间白求恩医院的战地救护基地就分布在这深山老林里。老路渠至柴劈岭是上坡，柴劈岭至狼牙口是下坡，是一上一下两条峡谷，别具风情。西线也有小路可通主峰，分别从古道或老爷石堂经教庆、三眼井去达主峰，道路崎岖，当年曾是护送萧克代司令员及伤病员转移的秘密通道。

三、北线（涞源县境内）

自涞源县狼牙口村沿207国道由西而东行驶，经过范台村、谢台村至南马庄乡政府下道转到乡村路，先后经过小关城、沙岗子、漫石道、望天岭、大滩到达桑树堰。这几个自然村静静地分布在神仙山主峰的北麓，紧贴主峰山脚之下，有点偏僻，但却似世外桃源。有三条上主峰的山路：一是从小关城经过黄柏寺、南庵梁上山；二是望天岭村南有条望天槽也可上山，只是崎岖难走；三是从桑树堰绕到茶房梁登临主峰。桑树堰村坐落在高坡上，唐代建有行宫，如今在遗址上建成了灰砖青瓦的圣母殿。神仙山除主峰的奶奶庙之外，周边还建有大小不一的七座奶奶庙，论香火肯定主峰上的最旺，论建筑精美，桑树堰的圣母殿当名列前茅，这是当地人开发民俗旅游的重要举措。

在望天岭和大滩村之间不足5公里，有几个观景台（点），能近距离欣赏神仙山主峰北坡的全貌，接近垂直状态，进入眼帘的恰似高高的绿色城墙，让人感到主峰北坡更高大、更雄壮。涞源县白石山国营林场共设8个片区，共有林地7.2万亩，靠近神仙山的两个片区森林覆盖率最高。目前白石山已被开发成为国家级森林地质公园。

四、东线（唐县境内）

由桑树堰向东南沿乡村路行驶2.5公里即转上了大岭头，这里有涞源县与唐县的界碑。

（一）大岭头—主峰。沿盘山路上山，不远就看到一片灰色的建筑群，这就是大岭头三圣母行宫和北岳庙，规模不大，倒也齐整。由此顺茶房梁攀登约需3个小时可到达奶奶尖主峰，这是目前登临主峰第二条可行的路线，春天路旁还能看到杜鹃花。

（二）大岭头—石门乡峡谷。大岭头到石门乡是一条由高到低的峡谷，一共有十来个自然村，沿163县道下山后首先看到的是位于大岭口村的古北岳恒山国营林场场部，门牌很醒目，不远处是古北岳恒山免费停车场，由此经教场沟（当地人叫南沟），可上主峰，都是山路，约需六七个小时。再往南走是草庄台、古北岳恒山风景区大门、大西台、王支、杨家台、蟒拦、上马石、石门乡政府。石门乡也是一片红色的土地，当年多个村子驻过八路军，这里的旅游事业红红火火。

（三）古北岳恒山国营林场。古北岳恒山林场位于唐县西北部，通天河的上游，距唐县县城75公里，西与阜平县国营东风林场相接，总面积2.3万亩，其中2.15万亩列入国家公益林，森林覆盖率80%。成片成片的油松，国家级公益林广告牌、河北古北岳恒山省级自然保护区标牌等构成一道亮丽的风景线，禁止开垦、采伐、取土、矿藏开发等违法违规行为。

五、南线（阜平县境内）

自东而西，从唐县石门乡出发，过通天河，路经曲阳县虎山风景区大门、青山村、黑石沟门、阜平县台峪乡井尔沟、台峪、营尔（千亩台）、平房、吴家庄、北法台、冬子沟门，到大台乡大台村。

（一）历史悠久的北岳庙（安王庙）。曲阳县城的北岳庙建于北魏宣武帝景明正始年间，保存完好，被称为下庙。现为全国重点文物保护单位。上庙则建在台峪乡的千亩台上，这是一块无比神奇的宝地，在两山之间隆起1000亩平平整整的台地，东西两边分别是台峪河、井尔沟河，北靠神仙山前山官印岸，南端为南岳台。千亩台既伟岸又神奇，是建庙的理想之地。据先秦典籍《尚书·舜典》记载，舜帝时“十有一月朔巡狩，至北岳，遥祭北岳并封其为万山之宗”，特赐在千亩台建北岳庙，距今已有4000多年了。北岳庙坐北朝南，三个院落，庙前立有两座砖塔。根据明朝嘉靖年间《重修北岳庙记》碑文记载：“正殿九间，两廊厢房，周围墙垣，设立建塔，名闻玄都观焉。”现石碑尚存，说明规模较大，后多次被毁又重修。唐代以后改称为安王庙，现在安王庙规模较小，逐渐融合成为一个道教、佛教、儒教合一的地方。院落门前立有“北岳庙”石碑。

（二）最早登临主峰的山路。登临主峰有多条路径，据考证在遥远的汉代以前，从千亩台北岳庙出发，肯定选择就近上山，那就是从千亩台出发，经井尔沟、上寺，攀上欢喜梁，通过跑马梁到达主峰面祭北岳神和圣母奶奶。这条路途经大峡谷，道路崎岖难行。

（三）最有观赏研究价值的“希夷洞”。南线台峪乡境内有寺庙、道观 13 处，历史悠久，最有研究价值的当属石厚寺“希夷洞”。从北法台下道沿乡间路行至石厚寺村东的沟底，看到一座新建的佛寺，规模不小，金碧辉煌。其实，这里最早是道家修行的地方。石厚寺的地形非常奇特，四周的山峰之间距离很近，范围又不大，但藏有 6 个山洞：靠近山底处是白虎洞，东边半山崖是青龙洞，还有极玄洞、野马洞、真音吟洞；最上边是老君堂即希夷洞，又深、又高、又宽。老君堂有上下两个洞口，正口右侧石壁上刻有“希夷洞”三个字，另一块还有横排的“香檀峪希夷洞”石刻碑文。“希夷洞”与道教名家陈抟有关。陈抟（871—989 年），活了 118 岁，天下第一睡仙，是继老子、张道陵之后，道教第三位大宗师级人物，他是道家著名的思想家、内丹学家，宋代理学先师，他的导引术、内丹修炼著作至今仍是道家重要的经典，在道教发展史上占有重要地位。好读《易》，著《先天图》《无极图》，注释《正易心法》，是绘制太极图的第一人。被道儒两家尊为“陈抟老祖”。历史记载，有四位皇帝召见过陈抟，宋太祖赵匡胤与陈抟在华山下棋，约定只要陈抟输了就要随他入朝辅政，结果连输三局，把华山输给了陈抟，如今的华山上还有神奇的下棋亭。宋太宗赵光义两次召见并赐“希夷先生”。此外，据史料记载，道教茅山派创始人茅盈，道教名家张三丰、于吉、葛洪等也先后在这古北岳修道学法。老君堂还有一个名曰长桑洞，是战国时期名医、药王长桑君修炼过的地方，他有两个学生扁鹊和庄子，名气很大。果真如此，那么“希夷洞”及其相关的传说，不但是一个内涵深厚、引人入胜的旅游景点，而且特别需要地理历史、考古、宗教等方面的专家进一步考察研究、深入挖掘，以尽早揭开其神秘的面纱。

（需要说明的是，以上介绍的路线是当年神仙山保卫战所涉及的主要区域，并不是严格意义上的古北岳的地理范围。）